아침에 쓴 좋은 생각 ——— 네게서 정말
향기가
나는구나

책 군데군데 민들레와 깃털이 아름답게 흩어져 있습니다.
이렇듯 향기와 행복이 온 세상에 고루 흩어져 있으면 좋겠습니다.

아침에 쓴 좋은 생각 ——— 네게서 정말
향기가
나는구나

김
원
호

이담
Books

진지하게
생각할
여유가 없던 삶

우연한 기회에 글을 쓰기 시작했습니다. 평상시 늘 마음속에 하고 싶은 이야기를 말입니다.

중학 시절, 처음으로 국어시간에 '글쓰기'를 배운 적이 있지요. 선생님께서 글쓰기란 그냥 부담 없이 내키는 대로 쓰면 된다고 설명하셨습니다. 그 말씀은 아마 생각나는 대로 편안하게 써보면 좋은 글이 된다는 뜻으로 생각했지요. 억지로 잘 쓰려고 하지 말고 말 그대로 부담 없이 써보면 자연스러운 글이 된다는 말씀이었지요.

필자는 늘 바쁘게 살아온 것 같습니다. 학생들에게 알찬 강의가 되도록 열심히 준비하느라, 좋은 논문을 쓰기 위해 심도 있게 자료조사를 하느라, 그리고 부끄럽지 않은 저서를 창작하려고 매일 바쁜 일상이었습니다.

한편으로 혹시 건강에 적신호가 오지 않을까 전전긍긍하면서……. 그냥 이런저런 것들은 주어진 운명의 '삶'이라 생각해버리면 아무것도 아닐 텐데 말입니다.

결론적으로 말하면, 차분히 책상 앞에 앉아서 글을 쓸 기회가 없었다는 것으로 이해해도 될 것 같습니다. 달리 말하면 '삶'에 대하여 진지하게 생각할 여유가 없었다는 말이 되겠지요.

서울에서 몇십 년 생활하다 이후 교수가 되어 울산에서 오랫동안 강의하다 정년을 마쳤습니다. 그래도 여운이 남아 그곳으로 강의는 계속 나가고 있습니다. '강의여행'이라 생각하고 가벼운 마음으로 말입니다.

울산이라는 도시는 이제 옛날의 그 도시가 아닌 것 같습니다. 도시 성공사례로 인정받은 세계적인 생태도시가 되었지요. 울산에 정이 푹 들어 행여나 다른 곳으로 떠날 수 있을지 자주 반문해보기도 했습니다. 아니나 다를까 지금은 사정상 경기도 일산으로 이주하여 뚜벅뚜벅 살아가고 있습니다.

지나간 울산에서의 생활은 잊을 수 없습니다. 오랫동안 정들었던 골목길이며, 아름다운 음악이 흐르고 카페라테 커피 맛에 달구어진 카페, 태화강변의 대나무 숲, 강변 3킬로미터를 하드워킹하며 30분 기록을 세운 일은 잊어버릴 수 없지요.

맛있게 먹고 다녔던 건강한 함양 비빔밥집하며, 후덕한 아줌마가 하는 남원 추어탕집, 나름대로 몸짱을 만든다고 열심히 다녔던 교내 스포츠센터, 그것뿐이 아닙니다. 집에서 연구실까지 매일 걸어 다녔던 나만의 호젓한 소나무 오솔길, 그리고 우리 집 뒷산 문수산해발 599m도 머릿속에 뚜렷이 새겨져 있지요. 비 온 후 소나무 숲속의 촉촉한 산길도 내버려 두고 떠나오기란 정말 힘들 것 같아요.

또 열심히 원고를 수정하고 정리하며 똑똑하게 토론하던 수요 스터디 멤버들. 이러한 수많은 추억들이 머릿속에 맴돌아 정말 혼란스럽습니다.

이와 같이 필자의 생활주변에서 생기生氣하는 모든 것들이 이 에세이집의 '주된 자료'가 되고 '테마'가 된 것 같습니다.

이 에세이집 『아침에 쓴 좋은 생각 네게서 정말 향기가 나는구나』는, 필자가 하루하루 일상에서 발견한 이야기들이 대부분입니다. 일상에서 느끼는 사소하면서도 진솔한 감정들이지요. 간단히 〈눈에 아른거리는 몇 가지〉를 소개하면 다음과 같이 정리할 수 있을 것 같습니다.

첫째, 이 감성본感性本은 나의 〈라이프 스토리〉를 쓴 것은 아닙니다. 그러나 그러한 내용들이 눈에 띄게 많아 보입니다. 어느 누구든 만족하면서 사는 '삶'이 있을까요? 매일 걸어 다니고, 운동을 하면서도, 밥을 먹고, 강의를 하면서도, 충족되지 않는 무언가를 늘 생각합니다. 그것을 두고 우리는 '인생'이라 하고 '삶'이라고 하지 않는가요?

둘째, 〈스토리텔링〉 표현을 많이 사용했습니다. 모범적이고 진정한 삶을 살아온 선대先代의 큰 인물들로부터 본받아야 할 정신이 참 많습니다. 그것을 조금이라도 배우고 행동하려면 이야기식 방법이 좋을 것 같아서입니다.

셋째, 이 에세이집은 평상시 내가 전공하는 내용과는 〈전혀 다른 이야기들〉입니다.

넷째, 〈건강〉에 관한 이야기도 군데군데 언급하고 있습니다. 건강하기 위하여 여러 분야의 지식인이 이야기를 보태어둡니다. 현역으로 활동하고 있는 석학들의 소중한 이야기도 담겨 있지요.

다섯째, 이 감성본의 궁극적인 목표는 인간의 〈행복〉입니다. 〈행복〉이라는 아름다운 두 글자만큼 신성한 말이 세상 어디에 또 있을까요? 내가 듣고 섭렵한 행복 이야기들을 독자 여러분에게 조그마한 선물로 바치려 합니다. 아름다운 말 〈행복〉을 이야기하는데 이 이상 어떤 말을 할 수 있을까요?

여섯째, 우리의 삶에서 지나가버린 〈과거〉의 것이란 소용없다고 생각합니다. 미래도 물론이지요. 나는 오롯이 지금 〈현재〉가 매우 중요하다고 생각합니다. 어제 흘러간 한 강물은 머물러 있지 않습니다. 벌써 흘러가 버렸지요! 지금 한강의 물은 도도하게 흐르고 있지 않습니까? 현재의 이 한 강물이 어느 땐 용광로의 철물까지도 될 수 있는 것이 아닐까요?

마지막으로, 이 에세이집은 지금까지 오랫동안 신문 지

상에 발표한 글에서 '행복과 건강'에 관한 것을 중심으로 구성했습니다. 주제를 세분하면, 〈향기〉〈행복〉〈건강〉〈여유〉로 나눕니다.

그동안 독자들로부터 과분한 칭찬도 받고, 필자의 글에 대하여 관심을 가지고 격려를 해주신 많은 분들에게 보은의 마음으로 이 감성본을 세상에 내놓기로 했습니다. 처음 발행되는 에세이집이어서 감개무량하면서도 한편 부끄럽기까지 합니다. 어느 시인이 읊었듯이 '개미 날개만 한 지식으로 화엄청천을 날아다니는구나'라는 말이 생각납니다.

물심양면으로 도와준 가족들에게 먼저 고마움을 보내고 싶습니다. 또한 강의를 듣는 우리 학생들에게도 고마움을 보냅니다. 더욱이 불확실한 시대에 이 글이 독자 제현들에게 조금이라도 삶의 위로와 용기가 된다면 한없이 고맙게 생각하겠습니다.

2017년 8월

일산 마두동에서
김원호

목차

향기

/

나에게 향기가 나는지 뒤돌아보자

행복
/
누가 이 세상에서 가장 행복한가

건강

/

건강이야말로 행복의 원천이 아닐까

여유

/

'여유 있게' 살고 있나요

내가 내뱉은 말과 글에서 진정 향취가 배어 나오는지
스스로 반성해 보자.
우린 그런 향기를 주워 다니며 살고 있지 않은가.

향기

나에게 향기가 나는지 뒤돌아 보자.

향기로운 사람

내가 뱉은 말과 글에서 향기가 나는가

아침에 일어나 샴푸로 머리를 감는다. 머리가 시원하다. 무슨 샴푸로 감았는지 제법 향기롭다.

조용한 길을 서로 지나치다 보면 남자든 여자든 향기로운 냄새에 나도 모르게 뒤돌아보게 된다. 그것이 은은하면서도 상큼한 향이라면 연방 감탄사다. 그렇지 못하면 눈을 찌푸리면서 그를 괜히 미워해버린다.

'마음 향기'도 다를 바 있을까. 두말할 필요 없이 향기 나는 그는 마음도 또한 향기로울 것임에 틀림없다. 우리가 사는 세상이 이렇게 향기로운 사람만 산다면 얼마나 신나고 행복한 일일까.

중국 명언에 '장미꽃을 전하는 손길에는 늘 장미향이 넘친다'라는 아름다운 말이 있다. 좋은 글을 쓰고 좋은 말을 하는 사람들은 그래도 많다. 그들의 인품에서 전해지는 글과 말의 향이야말로 세상을 밝고 행복하게 해준다.

울산 방어진 꽃바위 출신인 동화작가 '김마리아'가 있다. 그가 지은 아련한 시詩 '향기 나는 말'이 가슴에 와 닿는다.

보고 싶다는 말 속에는 향기 나는 마음이 있고
보고 싶다는 말 전하면 가슴이 따뜻해진다
보고 싶다는 말을 들으면 나도 모르게 콧노래가 나온다
가족에게, 하루에 한 사람에게, 오래 못 본 친구에게
보고 싶다는 말 건네 사랑의 사다리를 놓자
정다운 향기 곳곳으로 날려 보내자 〔'향기 나는 말'에서〕

남을 배려하면서 애절한 느낌이 드는 한 편의 시다. 세상이 모두 이러한 마음이라면 분명 신나고 행복한 세상이 될 것이다.

정부각료이며 유명 시인이 있다. 오래전 '접시꽃 당신'이라는 아름다운 시를 쓴 시인이다. 일상 하나하나의 감성을 잘 묘사한 그는, 최근 발행한 산문집 '너 없이 어찌 내게 향기 있으랴'를 세상에 내놓았다. 서문에 다음과 같이 잔향을 풍기고 있다.

'빨리 거리에서의 역할을 마무리하고 숲으로 돌아가야 한다는 생각을 한다. 다시 온유함으로 돌아가는 시간이 내게는 글 쓰는 시간'이라며 '향기를 회복하는 시간이기도 하다. 여러분도 향기로우시길 바란다'고 글을 맺는다.

뭇 인간들에게 보이지 않는 깊은 향기로움을 선물로 주려는 듯하다. 인간에게서 발산되는 향내란 정말 보배로워 보인다.

그런데 세상에 살다 보면 미간을 찌푸리는 사건들이 빈번히 발생하니 어찌하랴! 서민들 사이뿐 아니라 제법 높은 지위에 있는 사람들 사이에서도 마찬가지다. 도대체 그들의 감정은 이해할 수 없다. 특히 패륜적인 언행은 참으로 견디기 어렵다. 육두문자는 보통이고 손윗사람에 대한 부도덕한 언행이야말로 천벌을 받아 마땅하다. 힘들게 쌓아 온 그들의 높은 학력은 아무런 소용이 없는 일이 아닌가.

우리의 '말과 글'은 머리에만 남겨지는 게 아니다. 가슴에도 새겨지는 것이다. 몇 개의 외국어를 능숙하게 하는 친구에게 "정말 너는 일본어도 잘해!"라고 칭찬하려 할 것을

"너는 일본어만 잘해!"라고 하여 절연까지 한 일화도 있다. 알기 쉽고 배우기 쉬운 우리의 아름다운 한글을 자칫 잘못하여 크게 사달이 난 경우다.

당신이 내뱉은 말과 당신이 쓴 글에서, 진정 향취가 배어 나오는지 스스로 한번 반성해보자. 우리들은 매일 그러한 '향기'를 주워 다니며 살고 있지 않은가.

삶이 혼탁하고 어두울수록 그런 향내는 그리운 법이다. 남을 생각하고 배려하는 말은 모두 향기가 된다. 그렇다고 하면 우리의 마음은 한층 따뜻해지고 사랑으로 충만할 것이다.

나팔꽃 추억

첫사랑의 마음으로

초등학교 때로 잠시 거슬러 올라가고 싶다. 나의 아버지는 대구의 어느 방직회사 전기엔지니어였다. 정말이지 당시에 전기엔지니어라면 대단한 기술소지자가 아니었나 생각한다.

그때는 추억 어린 일이 참 많았던 것 같다. 사는 곳이 대구 중심지여서 논밭 같은 농토는 보이지 않았다. 대신 큰 방직회사가 서너 개 있어 회사원들이 많았던 것 같다. 나는 아버지가 근무하는 회사 '사택'에서 태어나 초등학교까지 개구쟁이같이 재미난 생활을 하면서 보냈다.

사택은 일제강점기에 지어졌는데 크기는 잘 모르겠지만 그 안에는 운동장 같은 공터가 하나 있었다. 어릴 때에는 꽤나 컸었던 것 같다. 10여 년이 흐른 어느 날 한번 찾아가 보았는데 너무나 작아 크게 실망하기도 했다. 모양이 네모 나게 되어 있어 동네 아이들이 놀기에 최고의 안성맞춤이었다. 구슬치기, 땅따먹기, 야구시합 등 놀이가 많이 있었지만 그중에서 유난히 야구를 좋아했다. 비록 아이들끼리 하는 시합이라 보잘것없었지만 그래도 투수, 포수, 유격수 등 야구의 포지션은 다 갖추어 했다.

사택은 이렇게 구성되어 있었다. 제일 조용하고 아늑한 안쪽 줄은 간부급 이상이 살고 있었고 다섯 걸음 건너 앞줄에는 과장급이, 운동장 아래편 줄에는 계장급이 가지런히 나누어 살고 있었다. 나머지 부하직원들은 지붕 하나로 길게 이어진 공동숙소 같은 곳에서 옹기종기 살았던 것으로 기억한다.

더욱이 사택 오른편에는 제법 큰 농토가 있었는데 사원들이 직접 농사를 지어먹을 수 있게 배려해주었다. 그러니까 어릴 때 생활은 도시 반, 농촌 반이었다고 해도 과언이 아니었다.

같은 초등학교에 다니는 한 살 많은 '이혁주'라는 키 큰 친구가 문득 생각난다. 둘도 없는 친한 친구였다. 왜냐하면 그의 아버지 직책은 재미나게도 같은 회사에서 자재부장이었기 때문일지도 모른다. 자재부장은 회사의 음식을 비롯한 온갖 자재를 취급하는 부서의 장이다. 그래선지 모르지만 혁주와 같이 학교에 가는 날이면 그의 손에는 늘 노랗고 기다란 '바나나'가 쥐어져 있었다. 딱 두 송이다. 하나는 내 친구 혁주 것이고 또 하나는 내 것이었다. 당시의 바나나는 엄청 비싸 보통 사람은 엄두도 낼 수 없는 고귀한 과일이었던 같다. 노란 껍질을 길게 쭉 벗기고 한입 잘라 먹으면서 학교에 가는 맛이야말로 정말 환상적이었다. 매일매일 그와 같이 학교에 가는 것이 어린 나로서는 최고의 즐거움이었고 행복이었다.

그뿐인가. 나의 반에 '이성원'이라는 여자아이도 같은 사택에 살고 있었다. 그의 아버지는 과장급이었다. 한때는 서로 책을 빌려주기도 하면서 지냈지만 왠지 서먹서먹한 느낌이 들었다. 그러나 알고 보니 공교롭게도 친구 혁주와 사촌 간이어서 나로선 더욱 좋게 느껴지기도 했다. 그보다 성원이의 얼굴 모습은 늘 빨간 '나팔꽃'같이 해맑갛고 통통하고 아름다웠다.

지금 생각해보면 내가 아마 꽤나 좋아했던 것 같다. 그래서인지 틈만 있으면 괜스레 그 아이 집 앞으로 왔다 갔다 하는 것이 너무나 즐거운 일이었다. 열려 있는 대문을 호기심 있게 쳐다보면 혹시나 성원이가 집 안 꽃밭에서 나팔꽃을 보고 있을까 해서다.

그럴 때면 바지런히 성원이의 엄마가 꽃밭에서 물을 주고 있는 것이 아닌가. 어린마음에 속이 상했는지 시무룩해지기 일쑤다. 무심코 친구의 엄마와 눈을 마주치면 "얘! 원호야! 지금 어딜 가니?"라면서 환하게 웃음 짓는다. 부드럽고 다정하게 부르는 목소리에 나는 가슴이 너무나 벅차올랐다. 그 엄마는 경상도 사투리를 쓰지 않았다. 서울에서 이사 온 순수한 서울토박이였다. 거기다 내 이름까지 알고서 나를 부르는 서울 말씨는 왠지 어린 가슴을 두근거리게 했다.

당시 여자 친구 성원이 집 뜰에는 나팔꽃을 비롯하여 채송화, 맨드라미 등 많은 꽃들이 아름답게 피어 있었다. 빨간 나팔꽃이 해말갛게 피어 있던 성원이 집의 꽃밭을 아직도 잊을 수 없다. 다가오는 신학기 울산으로 강의 가는 길에 대구에 꼭 한번 들러야겠다.

잃어버린 시간을 찾아서

어릴 때의 풍요로운 마음으로

우리 인간에게 가장 행복한 시간은 '쉼'이다. 일을 하다 가도 잠깐 쉼은 너무 좋다. 더욱이 일 하나를 깨끗이 정리하고 나서 다음 날의 쉼이란 절대적으로 필요한 안식이다. 쉼이든 휴가든 방학이든 이것은 재생산의 좋은 시간이 된다.

오랜만에 농수산물시장의 과일가게에 들렀다. 벌써 올 풋사과가 모퉁이에 덩그러니 자리 잡고 있는 것이 아닌가. 만져보고 먹어보니 그 옛날 한여름 방학 때 먹었던 그 '사과' 맛이었다. 그 싱그런 사과를 한입 맛보고 있노라니 나의 어릴 때 '잃어버린 시간'이 어렴풋이 떠오른다. 마치 프랑스의 소설가 프루스트M. Proust 1871-1922가 '잃어버린 시간을 찾아서'에서 마들렌Madeleine과자를 홍차에 적셔 먹으며 기억을 떠올리듯이 말이다.

프루스트는 이 작품을 1909년 집필을 시작하여 1922년 탈고했다. 장장 14년의 세월을 골방에 틀어박혀 7부작으로 완성한 대하소설이다. 처음 제1부에는 열 살배기 주인공 프루스트의 유년기에 대한 기억으로 점철된다. 매년 부모와 함께 지낸 여름휴가의 기억들이 실타래같이 풀어진다는 이야기다.

이 소설을 두고 평론가들은 20세기 신新심리주의 문학의 최고 걸작이라고 평하지 않던가. 시공을 뛰어넘어 자기 존재의 진정한 의미를 되찾아가는 과정을 '의식의 흐름' 기법을 통해 잘 그린 작품이라 경외심이 더 간다.

아니 나의 유년기에 빗대어보면, 너무나 흡사해 스스로 놀라지 않을 수 없다. '일리에 콩브레'라는 장소는 나의 어릴 때 외갓집 과수원, 사랑받는 외할머니 '비필트'는 나의 외할머니, 고집 센 하녀 '푸랑수아즈'는 나의 외숙모, '서양산사나무'는 과수원의 탱자나무 등…….

그럼 프루스트가 한 것처럼 나의 어릴 때 시간을 한번

떠올려보고 싶다. 매년 여름방학이 시작되면 꼬마는, 대구의 앞산 밑에 있는 무릉도원으로 여지없이 향한다. 기억에는 동생들과 함께 간 듯하다. 왜냐하면 거기에는 꼬마들이 좋아하는 외갓집 '사과 과수원'이 있기 때문이다.

대구는 120여 년 사과 역사를 증명하듯 옛적부터 사과밭이 유난히 많았다. 아마도 사방이 분지라 비도 적고 일조량이 많아 사과나무가 자라기에 안성맞춤의 기후 때문일 것이다.

지금 생각하면 외갓집까지는 꽤나 멀고 날씨도 매우 더웠던 것 같다. 칠성동에서 지산 외갓집까지 거리는 아마도 50리 정도가 되었을 것이다. 그곳에서 방학을 보내기 위해 큰 가방을 등에 메고 손에는 담봇짐을 들고 걸어간다. 그야말로 유격훈련을 받는 해병대와 다를 바가 없다. 땀이 줄줄 흐르는 것은 어떻게 했는지, 걸어가다 목이 말라 물은 어떻게 먹었는지, 지금은 안타깝게도 기억에 남아 있지 않다. 기억에 있다면 지산초등학교 앞 큰 느티나무 그늘과 바로 옆 시원한 샘터. 그 샘터는 두레박으로 한참 퍼 올릴 정도로 깊었고 샘물은 그야말로 얼음 맛이었다.

이제 조금만 더 가면, 꼬마가 찾는 그 '유토피아'다. '졸졸졸' 도랑물 소리가 점점 귓가에 들려온다. 소리만 들어도 즐겁고 환상적이다. 꼬마가 상상하는 과수원은 도연명陶淵明 365-427의 시에 나오는 무릉도원과 다를 바 없다. 그래서 꼬마는 늘 이 세상에서 가장 행복한 아이로 자신만만하게 생각하면서 살았던 것 같다.

초록색 가시가 많이 난 탱자나무는 바로 과수원의 담장을 대신한다. 옛날 고댕이고둥를 후벼 파먹을 때 쓰던 그 가시다. 탱자나무 아래는 도랑물이 맑게 흐르고 그 위는 그야말로 별천지다. 검은색 긴 날개로 유유히 날아다니는 날씬한 잠자리하며, 알록달록한 날개를 단 호랑나비까지 여기저기서 뱅뱅 날아다닌다. 아니 개구리도 물론 있다. 청개구리인 듯하나 심상치 않다. 배 안쪽이 새빨갛게 보였으니 선뜻 다가갈 수 없다.

그것만인가, 사과나무에는 사과가 꽤 많이 달려 있다. 거기에다 원색적으로 들리는 매미소리는 너무나 청아하고 깨끗하다. 줄기마다 다닥다닥 붙어서 왱왱 울어댄다. 꼬마가 가까이 가도 끄덕도 하지 않는 것을 보면, 분명 그를 과수원의 주인으로 생각하고 있는 것이다. 맨손으로 매미를 한 주먹씩 덥석 쥐어 망태에 담아 넣어도 아무렇지도 않다. 게다가 밉상스럽게 생긴 살찐 풍뎅이 놈들까지 모여들고 있으니……. 매년 하는 꼬마의 곤충채집 숙제는 거의 만점이나 마찬가지다. 왜냐하면 이곳의 모든 생명거리는 다 꼬마의 것이니 말이다. 마치 동화세계에 줄줄이 등장하는 녀석들과 다를 바 없다. 꼬마는 너무나 마음 풍성한 세계에 살고 있어 행복하다.

어느 누구든, 잠시 잃어버린 어릴 때의 풍요로운 세상을 찾으면서, 세상의 고달픔을 잊어버리는 것도 삶의 한 방법이 될 것 같다.

사랑학개론

몇 년 전, 어느 유명잡지사가 세계적으로 유명한 학자들이 모이는 철학학회에서 앙케트를 조사한 일이 있다.

고명박식한 철학자들에게 질문한 내용은 "21C에 살고 있는 젊은이에게 들려주고 싶은 '좋은 말'이 있으면, 당신은 어떠한 말을 들려주고 싶습니까? 한마디로 표현하여 어떤 말을 추천하시겠습니까?"라는 질문이다.

추천한 금언을 보면, 진지하게 살아라, 사랑하라, 그리고 배워라, 웃어라, 봉사하라 등 그야말로 다양했다. 만약에 나에게도 같은 질문을 받으면 '사랑하라'는 말을 추천하고 싶다.

사랑에는 여러 가지 '사랑'이 있다. 이성 간의 사랑, 친구 간의 사랑, 그리고 부모 자식 간의 사랑, 사제지간의 사랑 등 너무나도 많다. 만물이 소생하는 봄날이나 결실의 계절 가을이 되면 고귀한 결혼을 하는 신랑 신부에게 보내는 '사랑'의 이야기가 있다. 이것에 대하여 땅, 바다, 하늘에 비유하여 이야기해보고 싶다.

먼저 '땅'에 관한 이야기다. 땅에서 자라는 나무에 대해서 이야기하면 그야말로 그 종류는 너무 많이 있다. 그중 뿌리는 다르지만 나중에 자라 두 그루의 나뭇가지가 붙어서 자란다는, 굉장히 희귀한 연리지連理枝라는 나무가 있다. 그 반면에 뿌리는 다른데 나중에 줄기가 같아지는 연리목連理木이라는 나무도 있다.

다시 말하면, 연리지 나무는 이심이체二心二體라 말할 수 있고 연리목 나무는 이심동체二心同體라 말할 수 있다. 우리 인간에게 비유하면 부부간의 사랑을 비유하게 되는데 혹자는 '사랑의 나무'라고 이야기한다.

옛날 우리 선배들의 사랑은 이심동체의 부부 사랑인 연리목 사랑이었을 것이다. 싫어도 이 목숨 다하도록 이 남편을 위하여 죽을 때까지 파뿌리가 되도록 살아간다고 하는

지고지순한 사랑이었다. 그러나 지금 이 시대는 옛날 우리 선배들의 사랑과 분명히 다르다고 해야 한다.

21C를 살아가는 젊은 세대들은, 이심이체의 사랑을 이야기하는 '연리지 나무의 사랑'이 되어야 한다. 뿌리는 다르지만 나중에 자라서 다른 두 가지枝가 합쳐진다는 나무다. 두 개의 가지가 만나는 과정에서 서로가 문질러 터지고 뜯겨버린다. 그러면서 점차 상처가 아물면서 똑같은 나이테 자국을 남기게 된다.

남녀 간에 사랑의 결실을 이루기 위해서는 이처럼 적지 않은 장벽을 넘어야 하는 평범한 진리를 이 나무가 그대로 보여주고 있는 셈이다. 그만큼 사랑도 노력해야 된다는 말이 아닐까.

또 땅에만 사랑이 있는 것이 아니다. 깊고 깊은 '바다'에도 있다. 비목어比目魚라는 물고기로 어느 시인이 말하는 소위 '외눈박이 물고기'를 말하는 것이다. 이 고기는 눈이 하나고 지느러미도 하나이다. 암놈에게는 왼쪽 눈에다 왼쪽 지느러미가 있고 수놈은 오른쪽 눈에 오른쪽 지느러미가 있다. 이 암놈과 수놈은 홀로는 절대로 헤엄치면서 물속을 다닐 수가 없는 물고기다. 반드시 합쳐서 한 몸이 되어 다니지 않으면 나아갈 수 없고 생활할 수도 없다. 그만큼 부부간의 사랑은 합심하지 않으면 안 된다는 경종의 의미일 것이다.

이와 같이 바다에도 사랑이 있지만, 이번에는 '하늘'을 날아다니는 새에 대한 사랑의 이야기다. 중국의 숭모산崇慕山에 산다는 상상의 새로 전설의 새 부르는 비익조比翼鳥라는 새다. 이 비익조는 날개가 하나뿐이다. 그래서 자기와 반대 방향으로 나는 또 다른 비익조를 만나야 비로소 날 수가 있다고 하니 신화적인 상상이 떠오르기도 한다. 한쪽 날개로는 결코 날 수 없기에 비익조는 반드시 자기 짝을 찾아야만 한다. 그래서 누구를 위해서가 아니라 서로를 위해서 한 몸이 되어 하늘로 날아오르는 새이다.

문학상으로도 보면, 이 새는 당나라 시인 백거이白居易가 당 현종과 양귀비의 애절한 사랑을 노래한 장한가長恨歌 속 마지막 장에 등장했을 정도로 사랑을 상징하는 전설의 새이기도 하다.

'당 현종과 양귀비'의 뜨거운 사랑의 한시漢詩 한 편을 음미해보자.

......

우리 다시 만나면 하늘에서는 비익조 새가 되고在天願作比翼鳥

땅에서는 연리지 나무가 되길 원한다네在地願爲連理枝

라고 절절히 노래하고 있다.

21C를 살아가는 꿈 많고 전도유망한 우리 젊은 세대들이, 땅에서는 연리지 같은 사랑을 하고 바다에서는 비목어와 같이 사랑하기를, 그리고 하늘을 나는 비익조와 같이 사랑할 수 있기를 간절히 기원한다.

나아가 서로에게 이 세상을 살아가는 든든한 버팀목이되어줄 수 있는 고귀한 사랑이기를 바란다. 부디 행복하기를 기원한다.

진정한 생활의 발견

진정한 마음이 행복이 아닐까

나는 유달리 울산의 음식, 돼지국밥을 좋아한다. 오후 강의가 있을 때에는 한 그릇 맛있게 먹고 강의하는 습관이 어느 날부터 생겼다. 그렇지 않으면 열강을 할 수 없다.

대학 옆문 식당가 골목길에 자리한 그 가게는 기껏 해봐야 4평에 지나지 않는 작은 가게다. 내가 찾아가면 돼지국밥을 특별히 잘 해주는 것 같다. 기름기가 붙어 있는 고기는 빼고 살코기만 듬뿍 썰어서 담아 오는데 옆 테이블과 비교하면 차이가 제법 나는 것 같아 민망할 경우도 종종 있다.

생각건대 은연중에 이 가게를 학생들에게 맛있게 하는 국밥집이라고 광고를 했기 때문인 것 같다. 돼지국밥으로 아들 딸 둘을 대학까지 졸업시켰다고 하니 이 조그마한 가게로 크게 성공한 것이 아닌가.

그 주인아주머니는 특히 손님을 대하는 진정한 마음씨가 몸에 배어 있는 것 같다. "어서 오이소" "잘 가이소"라고 늘 인사를 할 뿐 아니라 학생이라면 "어서 온네이" "잘 가제이"라고 엄마 같은 다정한 사투리로 친밀하게 대해준다. 무엇보다 한마디 한마디 순수하고 진정한 모습이 들어 있어 학생들이 많이 찾는 것 같다.

서울의 대표적인 번화가 명동에 가면 유명한 칼국숫집이 있다. 단골로 인연을 맺기 시작한 것은 대학생 때이니까 벌써 수십 년 세월이 돼간다. 울산에 살면서도 서울에 일이 있으면 반드시 들르는 곳 중에 하나다.

걸쭉한 닭고기 국물에 호박, 부추 등을 넣는 것은 다른 집과 대동소이한 조리방식이다. 특별히 다른 것이 있다면 매콤한 김치와 노란색 기장쌀이 섞여 있는 공깃밥, 또 국수 사리는 얼마든지 먹을 수 있다는 점이다.

무엇보다 마음에 와 닿는 것은 종업원의 손님에 대한 진정한 태도이다. 상냥하게 인사를 하는 것은 물론, 매콤하고 감칠맛 나는 김치가 가득 들어 있는 김치통을 아예 손에 들고 다닌다. 그러면서 손님 식탁에 김치가 떨어질세라 쏜살

같이 다가와 담아주는 정성스러운 모습이 손님들을 감동하게 한다.

이 가게가 잘 되는 비결이라고 한다면, 아마도 이러한 진정한 마음이 깃든 서비스 정신 그리고 고유의 감칠맛 나는 김치, 국수사리, 공깃밥을 무한정 내놓는 것이다.

먹을거리에 관한 이야기를 하나 더 보태자. 서울 지하철 일산선의 안국역 근처에 한 공공도서관이 있다. 대학원 시절 자주 이용했던 곳이다. 점심때가 되어 식사를 하고 싶을 때에는 가까이 있는 설렁탕집에 반드시 들른다.

이 가게는 현대그룹 계동 본사 근처에 자리하고 있다. 옛날 그룹회장께서 자주 이용한 단골 가게이어서 더욱 유명해진 맛집이다. 맛있게 먹다 설렁탕 국물이 더 먹고 싶다고 하면, 대그릇에 한 사발 듬뿍 퍼준다. 다른 가게에서는 조그마한 그릇에 내주는 것과 비교하면 손님을 대하는 마음씨가 다름을 알 수 있다. 이 또한 그들의 진정한 마음씨가 없다면 가능할까?

화제를 잠깐 자연 생태계로 바꾸어보자. 미국 서부 캘리포니아주의 화이트 마운틴에 가보면, 온통 사막으로 황량한 해발 3천 미터의 산악지대에 지구상에서 제일 수명이 긴 생물이 서식하고 있다. 아리스타타마츠Aristatamatu라는 고목이다. 4천6백 년 동안 비바람에 맞아 오랜 기간 성장의 흔적이 새겨진 모습은, 보는 사람마다 큰 감동을 불러일으킨다. 직경이 4미터 남짓한 이 나무는 의외로 땅딸막하고 높이도 기껏 9미터에 불과하다.

이 전설 같은 고목 이야기를 하는 김에 좀 특별한 나무를 화제로 올려보자. 인도의 철학자 오쇼 라즈니쉬Osho Rajneesh 1931-1990의 우화에 다음과 같은 나무 이야기가 있다.

인도인들의 마음속에는, 지상낙원에 소원을 들어주는 나무가 있다고 하는 관념을 항상 갖고 있다고 한다. 그 나무 밑에만 앉아 있으면 어떠한 소원이라도 금세 이루어진다는 요술 같은 재미나는 이야기다.

어느 날 길을 가는 나그네가 허기지고 매우 피곤해했다. 그래서 이 나무 아래에서 잠이 들었다. 잠에서 깨어났을 때 그는 몹시 배가 고팠다. 먹을 것이 있으면 좋겠다고 하니 금세 허공에서 맛있는 음식이 날아왔다. 그는 재빨리 먹어치우고 허기가 가시자 아주 흡족한 마음이 들었다. 또 이번에는 마실 것이 있으면 좋겠다고 하니까 신선하고 달콤한 포도주가 나타났다. 느긋하게 포도주를 마시고 있노라니

낙원의 시원한 산들바람이 나무 그늘 아래로 불어왔다. 그래서 그는 의아하게 생각했다. "아, 무슨 일이지? 혹시 유령들이 나를 시험해보는 건 아닐까?" 그러니까 무시무시하고 혐오스러운 유령들이 나타났다. 그는 벌벌 떨면서 다른 생각을 떠올렸다. "이제 난 죽겠구나! 유령들이 나를 죽일 거야." 그래서 결국 그는 죽었다는 이야기다.

무슨 일이든 긍정적이면서 진정한 마음으로 자기의 소원을 바란다면, 자신감 있게 일에 매진할 수 있고 행복한 삶을 반드시 이룰 수 있을 것이다.

지상 최고의 행복

이제 욕망을 줄여볼까

"국가가 내게 해준 게 뭐가 있냐?" 이같이 퉁명스럽게 한 말은 한때 매주 일요일 밤 즐겨 본 개콘 프로에서 유행했던 말이다. 물론 술 한잔 먹고 하는 술주정뱅이의 개그어 gag語 였지만 당시 잠시나마 시청자들에게 카타르시스를 느끼게 해주었던 것 같다.

정말 순수하게 국가가 국민들에게 행복하게 해준 나라가 있다. 저기 히말라야 고봉산맥 아래에 있는 작은 나라 '부탄'이다. 70%가 험악한 산으로 덮여 있는데 우리로서는 다소 생소한 나라다. 놀랍게도 그 나라의 국민 97%가 행복하다고 자부하고 있으니 그냥 지나칠 일은 아니다.

좀 더 보자. 비록 가난하지만 거지나 고아가 아예 없고 의아하게도 군인보다 승려가 더 많은 나라다. 인구는 울산시의 반 정도인 약 70만 명이다. 1인당 GNP는 2천500달러로 우리나라보다 훨씬 적다. 그러나 국민들에게는 무료의료에다 무상교육의 혜택까지 주는 천국의 나라다. 영국에 본부를 둔 유럽신경제재단NEF이 세계의 많은 나라 중에서 행복지수 1위로 발표한 것을 보면 놀라지 않을 수 없다.

그렇게 된 이유를 간단히 말하면 다음과 같다. 첫째 현 국왕의 할아버지인 3대 국왕이 농노를 해방시키고 귀족과 국왕이 소유하고 있던 토지를 국민들에게 모두 배분해 주었다. 둘째 불타의 가르침을 나라의 중심정책으로 승화시켰다. 즉 욕심을 비우고 자연과 이웃하여 더불어 사는 것이다. 셋째 이 나라의 위정자들은 진정 국민의 행복을 창출할 수 없다면 정부는 존재할 가치가 없다고 생각하여 그야말로 행복을 지상 최고의 모토로 하기 때문이다. 예를 들면 국민행복위원회GNH를 두어 모든 정책은 여기에서 모두 결정하는데, 국민에게 행복에 어긋나는 정책이라면 절대 시행하지 않는다. 그 중심 어젠다는 평등하고 지속적인 사회경제 발전, 전통가치의 보존 발전, 자연환경의 보존, 올바른 통치 구조 등으로 나누어져 있다.

비록 부탄의 환경을 우리나라와 비교하면 그 여건은 판이하게 다르다. 그래서 우리는 그들의 모든 것을 따를 수는 없지만 궁극적으로 두 나라의 국민들이 지향하는 목표는 같을 것으로 생각한다. 그것은 바로 행복의 가치를 두고 한 말이어서 타산지석으로 생각해둘 필요가 있다.

UN이 발표한 것을 보면 우리나라의 행복지수는 기껏 세계에서 41위이고, 영국 NEF 발표에서는 68위에 지나지 않는다. 아직도 세월호 사건 같은 후진적 재해가 발생하고 있고 경제적 부(富)는 특정계층에서 대물림하고 있다. 심지어는 갑질의 행태도 자주 보일 뿐만 아니라 도로 싱크홀 등과 같은 사회안전망도 불안하다. 교통을 비롯한 갖가지 질서 의식도 땅에 떨어져 있고, 부끄럽게도 자살률도 OECD국가 중에서 1위이니 심각하게 생각하지 않을 수 없다.

유명한 수리경제학자 새뮤얼슨이 주장한 '행복=소유/욕망'이라는 도식이 생각난다. 그것은 행복이란 '소유가 일정하다면 욕망을 줄여야 한다'는 뜻이다. 저 히말라야산맥 아래에 있는 작은 나라 부탄 국민들의 욕심 없는 자세와 그 위정자의 행복증진정책이 우리들에게 크게 감동을 준다. 이 각박한 세상에 우리 국민들에게 뭔가 큰 감동을 주는 강

력한 정책 드라이브를 발동한다면 행복한 나라가 될 것인
데 말이다.

기다림과 느림의 삶

기다리고 느리게 사는 심리와 행복

위생종이에 포장된 햄버거 하나를 양손에 잡고 찬찬히 종이를 벗겨낸다. 입 안을 있는 대로 크게 벌려 어느 정도 선까지 넣는다. 윗니와 아랫니를 부딪쳐 일부분을 잘라 씹어 먹는 맛의 앙상블. 게다가 콱 쏘는 콜라까지 보태면 햄버거의 맛은 그야말로 환상적이다.

이렇게 맛있게 먹는 '맥도날드 햄버거', 그것의 성공비결은 아마도 '맛'보다 '신속함'일 것이다. 2000년대 중반까지 90초 내에 주문을 처리해야 하던 것을 2010년부터는 60초로 줄였다. 고객의 주문에서 손으로 전달하기까지 균질한 햄버거를 1분 만에 내놓았으니 그 신속함은 놀랄 수밖에 없다.

1990년 1월 구소련이 붕괴되기 전 모스크바에 맥도날드 1호가 개점하는 날, 당시 세계 언론에 주목받았던 일이 있다. 개점 당일 5천여 명의 사람들이 길게 줄을 서서 기다렸던 사실이다. 아마도 그 당시 사람들은 배급을 받아야 했기에 인내심을 가지고 줄을 잘 선다는 선입감도 들었지만 하여튼 엄청난 토픽감이었다.

그것과 달리 2016년 7월 유례없이 덥던 날, 한국 강남 1호점을 오픈한 일명 '쉑쉑Shake Shack버거', 그것은 분명히 신속함이 아니고 '느림'의 슬로건을 내건 가게였다. 햄버거 하나 먹자고 천여 명이 뙤약볕에서 2시간 이상 기다린 사실은 무엇을 말하겠는가.

2002년 뉴욕 메디슨스퀘어 가든에서 카트 하나로 창업한 쉑쉑버거는 항생제와 호르몬제를 사용하지 않은 소고기 품종 앵거스비프Angus Beef를 비롯한 최상급의 식재료를 사용했다. 게다가 후한 대접Hospitality 문화를 바탕으로 한 세심한 서비스를 앞세워 세계적으로 선풍적 인기를 끈 글로벌기업이다.

아무튼 미식가들이 2~3시간씩 기다리는 이유는, 기다

림으로써 큰 만족을 얻는 것이 아닌가 생각한다. 줄을 서서 기다리게 되면, 자기 자신이 특별한 취향의 소유자임을 남에게 과시하게 되고 동시에 자신에게 자기암시도 줄 수 있다는 점에서다.

영국의 경영학자 마이스터D. Maister는 '기다림의 심리학'에서 값진 서비스를 위해서라면 기다릴 수 있다고 한다. 예를 들어 병원에서 환자들이 오래 기다리는 경우가 있다. 기다리는 만큼 자신의 순서가 되었을 때 자신도 증상에 대해서 의사에게 자세히 질문하고 설명을 들을 수 있다는 장점을 알게 된다. 그러면 기다리는 일에 아무런 상관을 하지 않는다는 것이다.

더구나 '나 홀로 기다리는 것'은 함께 기다리는 것보다 더 지겹다고 한다. 즉, 동질감sense of group community을 갖고 함께 하면 지겨운 심리를 덜 느낀다는 것이다. 시골의 한 병원 대기실에서 옆 환자에게 '어디가 아파서 왔어요?'라고 서로 물어보며 기다리는 일은 지겹지 않게 느끼는 묘한 심리라는 것이다.

수년 전에 종영된 TV프로 '달팽이'라는 프로그램이 있었다. 슬로라이프 걷기프로로 '느리게, 다르게, 행복하게'라는 부제가 붙은 프로다. 말 그대로 달팽이의 움직임으로 바라다본 인간세상 모습을 아름답게 조명했다.

길 위에서 아름다운 자연의 변화를 보았고 길 위에서 좋은 인연들을 만나게 해주었던 것으로 기억한다. 동시에 지역별 걷기 코스를 개발하여, 중장년층에게는 지역의 자연을 '천천히' 돌아보면서 아련한 옛 추억을 되살리고, 젊은 층에게는 경험해보지 못한 이야기를 구성지게 전달하는 매력이 있었음을 기억한다.

이제 우리는 '신속함' 이상으로 삶의 질을 중시하는 '느리게 살기'의 가치에 관심을 두었으면 한다. 신속함으로 많은 것을 잃어버리는 결함을 보이는 것보다 '기다리고 느리고 여유 있는' 삶을 영유하면서 행복한 삶을 즐겨보면 어떨까.

커피 향 속의 도시

'도시 생활'은 행복한 매력

한가한 휴일 아파트 속 공원을 걸어본다. 어젯밤 가랑비가 왔는지 낙엽이 촉촉이 젖어 있다. 샛노란 은행잎도 소복이 쌓여 있어 차마 즈려 밟고 가기가 조심스럽다. 그냥 보기만 해도 좋으련만 한편으론 고적함마저 든다. 분명 가을은 고독의 계절인가 보다.

행복을 위하여 삶의 지혜를 잘 이야기하는 철학자 쇼펜하우어A. Schopenhauer 1788-1860는 '인간의 사교는 사교가 좋아서가 아니라 고독이 두려워서다'라 했다. 이러한 고독감을 예방하고 치유할 수 있는 좋은 아이디어가 뭔지 나름대로 숙고해본다.

적당한 거리를 걸어 다닐 수 있고, 커피 향 가득한 장소라면 쓸쓸함도 해소되고 건강을 위하고 일거양득일 거다. 그곳은 집에서 출발하여 30여 분 걸을 수 있고 재즈 음악이 조용히 흐르는 분위기 좋은 도시 속 '명품카페'다. 요즈음 커피전문점은 아예 책 읽는 공간이 돼버려 정말 도서관이나 다를 바 없다.

그리고 지금은 건강을 최고로 생각하는 백세시대라 건강정보도 철철 넘친다. 심지어 '나'까지 의학전문가가 돼가고 있으니 더 이상 말할 필요가 없다. 나는 최근 '걸어 다니면서' 궁리하는 습관이 생겼다. 그것은 다름 아닌 여러 형태의 걷기방법을 하나하나 테스트해보면서 내 몸에 맞는 좋은 건강법을 찾아보는 일이다.

인간의 질병은 대부분 양팔과 양다리 그리고 허리 쪽에서 일어나는 질환이다. 오른팔을 들고 경사지게 흔들면서 발걸음에 박자를 맞추어 걸어본다. 그다음 왼팔도 같은 방법으로 해본다. 나아가 양팔을 180도 위아래로 반복하면서 걷는다. 좀 우스꽝스럽게 보이지만 그다지 상관할 필요는 없다. 어느새 어깨, 팔, 다리, 허리는 혈액순환의 효능을 크게 보게 되고 통증도 자연스레 소멸한다.

이 명품카페 주위에는 종합적으로 진단하는 대형병원이 인접해 있어 도시인의 마음을 편안하게 해주는 것 같다. 주위에는 공교롭게 최근 오픈한 대형서점도 자리 잡고 있다. 거기에는 최근 노벨문학상을 수상한 '밥 딜런'이나 '무라카미 하루키' 작품을 비롯해 소설, 시, 수필 등에 관한 양서들이 즐비하게 꽂혀 있다. 소위 말하는 음식, 휴게, 의류, 영화 등과 공존하는 최신 독일식 복합문화공간이다. 이렇게 도시야말로 우리에게 최대한 현대적 감각과 편리성을 주어 한껏 친근감을 더해주는 것 같아 말할 수 없이 살맛이 난다. 분명 실용적인 도시이며 문명의 도시임에 틀림없다.

게다가 이곳은 외로이 고군분투했던 개인 연구실보다 세상 사람들의 살아가는 상像을 엿볼 수 있는 공간이라 후련한 기분마저 든다. 커피 냄새 구수하고 아름다운 재즈음악이 경쾌하게 흐르는 멋진 마음의 보고寶庫를 갖고 있으니 얼마나 흐뭇한 일인가! 커피 향 가득한 대형 창틀 안에서 밖을 바라보고 있으면 모든 것을 다 갖춘 느낌이다.

창밖의 인간들을 보라! 한 편의 주인공들이 제각기 오가며 살아가는 형상은 그냥 지나칠 수 없다. 등가방을 메고 바삐 걸어가는 학생, 날씬한 여자가 걸어가는가 하면 뚱뚱

한 여성도 당당히 거닌다. 저기 가로수 나무 밑에 여송연_{呂宋煙} 입에 물고 서성이는 중년의 아저씨도 보인다. 그것뿐인가, 종점을 향하여 달리고 있는 버스 안의 승객들의 모습은 어떤가. 저마다 행복한 삶을 살아가고 있는지 내심 궁금해진다.

비 온 후 밝은 햇볕이 내리쬐는 늦가을, 인도 위에 누런 낙엽은 수두룩 흐트러져 있는데 무심히 뒹굴고 있는 플라타너스 큰 잎사귀는 그저 스산해 보인다.

우리는 늘 한적한 전원 속 삶을 동경하고 있다. 그러나 그보다 역동적이면서 조용한 도시의 삶이 편리하고 생동감이 있지 않은가. 삶에 감동을 주며 살아가는 도시, 현대인들에게 에너지를 불어넣어 주는 도회지 생활은 그야말로 하루하루 보람차게 느껴지기만 한다.

자작나무 소나타

자작자작 타듯 열정적으로 살자고!

언젠가 저녁 시간대 TV에서, 회색을 띤 곰 한 마리가 하얀 눈이 쌓인 알래스카의 산 숲에서 먹이를 찾으러 여기저기 어슬렁거리는 장면을 본 적이 있다. 숲이라 해봤자 우거진 것이 아니라 듬성듬성 사이가 뚫려 있는 하얀색 나무들의 군락지였다. 추운지방에서만 자라난다는 자작나무 숲인데 눈부실 정도로 하얀 것이 눈에 띄었다.

우리나라에서도 멀리 강원도 태백에 하얗게 뻗어 있는 자작나무 숲을 상상하게 한다. 그래서 어느 시인은 이 자작나무를 두고 '새하얀 설탕을 뿌린 기다란 생강과자 같다'고 읊은 일이 있다.

울산대학교로 들어서다 보면 정문 옆에 줄기가 하얗고 회색을 띤 엄청 큰 나무 한 그루가 외롭게 서 있다. 나는 처음 언뜻 보기에 평소 예찬하던 자작나무가 아닌가 생각했는데 플라타너스 나무인 것을 알고선 매우 아쉬운 생각이 들었다.

몇 년 전에는 대학 구내 테니스장 옆에 이 자작나무들이 옹기종기 모여 자라는 걸 보고 깜짝 놀랐다. 그러나 남쪽지방이라 자라나는 환경이 맞지 않았는지 지금은 스포츠센터 옆으로 옮겨져 힘들게 자라고 있어 안타깝다.

일상생활에서 카페, 레스토랑, 의상실, 병원 등 장소에 구애받지 않고 하얗게 인테리어 되어 있는 모습을 자주 본다. 자작나무야말로 자연이 우리 현대인에게 준 아주 멋진 선물인 것 같다. 외양으로 보아도 늘 매혹적인 나무로 느낌이 좋을 뿐 아니라 또한 자작나무에 얽혀 있는 여러 가지 이야기를 들어보면 더욱 감동스럽게 느껴진다.

만물이 소생하는 봄이나 결실의 계절 가을이 되면 으레 혼례식으로 법석된다. 이런 혼례식에 접하는 청첩장을 보면 다음과 같은 눈에 띄는 문구를 자주 발견할 수 있다. "따뜻한 봄날을 맞이하여 신랑 아무개 군과 신부 아무개 양이 화촉을 밝힙니다"라는 문구다.

또 결혼식의 사회자가 식을 진행하면서 "다음은 양가 어머님의 화촉점화가 있겠습니다"라는 말이다. '화촉'이라는 말을 음미해보면 한자로 쓰면 빛날 화樺, 촛불 촉燭으로 쓴다. '화촉을 밝힌다'라는 말은 '결혼을 한다'는 뜻이다. 화촉점화樺燭點火에서 '화樺'는 자작나무를 가리키는데 '자작나무 껍질로 만든 초에 불을 켠다'는 뜻이다. 자작나무 껍질에는 유독 기름 성분이 많기 때문에 불을 붙이면 자작자작 소리를 낸다. 오래 불에 탄다고 해서 '자작나무'라고 이름 지었다.

이 나무의 특성을 보면, 나무줄기의 새하얀 껍질을 잘 벗겨서 순수한 사랑의 편지를 적어 보내면, 사랑이 이루어진다는 '사랑의 나무'로 잘 알려져 있다. 또 암수 한그루로 꽃은 4월에 핀다. 암꽃은 위를 향하며 수꽃은 이삭처럼 아래로 늘어지는데 신비롭게도 오랫동안 나무가 썩지 않는 특징이 있다.

그래서 합천 해인사에 있는 팔만대장경의 원목은 이것으로 만들어져 오래 보존되어 있다. 경주 천마총에서 출토된 말안장의 그림 재료도 이것으로 만들어졌으니 대단하다. 그뿐 아니라 치아에 들러붙어 있는 프라그를 없애는 물질도 여기에서 추출한다. 우리가 자주 씹는 자일리톨xylitol 껌

에도, 이 나무에서 추출한 천연감미료가 들어 있다고 한다. 우리에게 의학적인 은혜를 많이 베풀어주고 있는 셈이다.

이렇게 하나도 버릴 것 없는 쓰임새 덕분에 식물학자들은 이 나무를 '숲속의 귀족' '숲속의 여왕'으로 경외하는지도 모른다.

그러나 무엇보다 이 나무껍질의 불로 어둠을 밝히면 이 세상 모든 행복을 불러들일 수 있다는 깊은 뜻을 담고 있으니 더욱 매력이 간다. 결혼을 할 때 화촉을 밝히는 연유도, 선남선녀가 서로 만나 새로운 가정을 이루는 그 자체가 두 사람에게는 새로운 인생을 시작하고 모든 행복을 가져다주기 때문이라고 하니 더욱 의미심장할 수밖에 없다.

오랫동안 불타고, 행복을 부르고, 새로운 가정을 이루는 부부에게 잘 어울리는 '자작나무'다. 그것을 생각하면 '화촉'은 신랑 신부에게 더할 나위 없는 축복이라 말하지 않을 수 없다.

이와 같이 우리 현대인은 일상생활에서 종종 접하는 자작나무로부터 많은 은혜와 교훈을 얻을 수 있다. 감사하기 이를 데 없다. 자작나무 껍질이 자작자작 타듯이 열정적으로 살아가고, 이 나무가 오랜 시간 썩지 않듯 건강하게 살아가야 한다. 그리고 오랫동안 화촉이 꺼지지 않듯이 오랜 행복의 생활을 이루어갈 수 있어야 한다.

이 신성한 숲속의 여왕이며 숲속의 귀족인, 자작나무를 영원히 닮아가면서 행복하게 하루하루를 살아가자.

커피 예찬

카페는 아이디어 창작소

봄비 내리는 어느 나른한 오후 시간. 강의도 끝나고 홀가분한 기분이라 근처 조용한 음악이 흐르는 카페에서 차를 마신다. 구수하고 향기로운 커피 냄새에 매료되어 있던 중, 아련히 옛날 라디오 인기 DJ의 방송 오프닝멘트가 떠오른다. 매일 오전 11시가 되면 "안녕하세요! 안녕하세요! 골든 디스크 아무개입니다"로 시작되는 낮고 굵직한 목소리에 편안한 진행으로 사랑받았던 방송의 첫말이다.

지금은 다른 DJ에게 넘겨주었지만 40여 년 동안 활약한 그는 단일프로의 최장수 진행자로 세계 기네스북에 올랐을 정도로 유명하다. 이 방송을 재미있게 듣다 보면 한참 진행하다 중간에 쪼르륵 차를 따르는 소리가 거품이 일듯 청량하게 난다. "차 한잔 합시다"라고 말을 떠우는데 거기에 차분하고 오붓한 분위기에 젖어든다. 여기서 차는 아마 커피로 연상된다.

이와 같은 라디오 방송 외에도 커피를 이야기한 너무나 익숙한 노래가 있다.

커피 한잔을 시켜놓고
그대 올 때를 기다려 봐도
웬일인지 오지를 않네
내 속을 태우는구려…… 〔'커피 한잔'에서〕

60년대를 풍미했던 듀오그룹 펄 시스터즈의 '커피 한잔'이다. 아무리 기다려도 오지 않는 그대에 대한 속 타는 심정을, 커피 한잔에 가득 담아 애절하게 표현하고 있다.

그뿐만이 아니라 잼베Djembe, 아프리카악기라는 북과 기타만으로, 경쾌하게 연주되는 아이돌 가수의 '아메리카노'도 커피 향을 물씬 풍기는 노래다. 마치 송아지가 어미소를 찾듯 불러대는 "음매 음매……"로 들리는 것이, 마치 인디언풍의 노래 같기도 하다.

> 아메 아메 아메리카노
>
> 좋아 좋아 좋아
>
> 시럽 시럽 빼고 주세요…… ('아메리카노'에서)

　라는 색다른 가사로 아메리카노 커피 특유의 구수한 향기가 입 안을 충만하게 한다.

　더욱이 커피에 대한 짧은 '시' 한 편을 들어보자. 먼 옛날 시리아의 시인 마마이Mamai는, 커피를 두고서

> 나는 짙은 갈색의 사랑스러운 커피요
>
> 나의 생명은 늘 컵 속에 있지요 ('커피'에서)

　라고 짧고 정감 있게 낭송한 적도 있다.

　이와 같이 '커피'는 우리들의 일상생활에서 많은 화젯거리가 되고 있다. 전설에 의하면, 15C 초 예멘의 샤디리라는 사람이 에티오피아를 여행하던 중, 산양들이 무리 지어 여기저기를 힘차게 뛰어다니며 이상한 풀의 열매를 따 먹고

있는 것을 발견한다. 신기하게 여겨 이것을 뜨거운 물에 삶아 즙으로 마신 것이 인류 최초의 커피다.

17C 중엽 폴란드인 프란츠 콜시츠키F. Kolschizky 1640-1694가 여러 시련을 겪은 끝에 유럽 처음으로 비엔나에 커피하우스를 오픈했다. 거기에서 커피를 마시는 풍습이 서구사회의 생활을 많이 변화시켰다. 급기야 커피가 프랑스에 들어온 지 100년 후 시민혁명이 일어난 것을 보면 분명 커피하우스는 집회장소로 안성맞춤이었다.

이러한 커피하우스가 세월이 지나 지금은 대학캠퍼스 주변이나 복잡한 도시 번화가에 자리 잡으면서 현대인들이 편안히 숨 쉴 수 있는 공간으로 바꾸어놓고 있다. 유명 프랜차이즈들이 생활 깊숙이 들어와 있다. 특히 서울 을지로에 있는 건축가 아론 탄Aaron Tan이 설계한 S타워가 있는데, 그 안에 입점한 S커피점은 미국 본사로부터 전 세계 최우수 디자인상을 받은 최고의 매장으로 꼽는다.

이 커피점 외에도 다양한 운영기법으로 현대인을 매료시키는 명품 신카페들이 속속 생겨 도시가 한층 활기차게 보이기도 한다.

나는 한잔의 커피를 편안하게 마실 수 있는 이러한 카페

장소를 '훌륭한 아이디어 창작소'라고 말하고 싶다. 답답한 사무실이나 회의실에서 좋은 아이디어가 생각나지 않으면 연필과 메모지를 들고 밖으로 나가보라! 노트북도 좋고 태블릿 PC도 좋다. 아늑한 자리에 앉아 지나가는 사람들을 보고 세상을 한번 살펴보라. 보석 같은 아이디어가 떠오를 것이다.

더욱이 이곳은 현대인들의 찌든 생활 속 카타르시스를 배출해주는 활력소 역할을 함과 동시에, 소통하는 사람끼리의 훌륭한 사교장이나 토론장이 되어 삶의 의욕을 북돋아준다.

이러한 공간에서 한잔의 커피를 음미하며 조그마한 행복을 찾을 수 있다면, 얼마나 보람 있고 효율적인 삶이 되지 않을까? 커피가 갖고 있는 좋지 않은 약점은 모두 버리고 보석 같은 장점만을 생각해보자.

나아가 우리들의 삶에 산재되어 있는 비효율적이고 비생산적인 것은 모두 지양하자. 성공의 밑거름이 되는 자기계발(自己啓發)의 좋은 아이디어를 찾으면서 행복의 보금자리를 마련하자.

좀 쉬었다 가요

나의 퀘렌시아를 찾아서

며칠 전 교내 그룹웨어에 교원연구년에 대한 신청안내의 글을 읽었다. 소위 말하는 교수 안식년이라는 제도를 말한다. 안식년은 교수들에게는 대망의 시간이라 할 수 있다.

두 번의 안식을 경험한 나로서는 잊을 수 없는 퀘렌시아의 기회이어서 그 의미를 잘 알고 있다. 물론 모든 교수에게 주어지지만 필요한 요건에 맞아야 가능한 일이다. 전임교수로 임명되고 소정의 기간이 경과되어야 그 자격을 얻을 수 있다. 사정에 따라 6개월도 되고 1년도 가능하다.

교수직의 매력은 바로 여기에 있다고 해도 과언이 아닐 것 같다. 이것 때문에 교수를 선호하고 죽자사자 공부하는

지도 모른다. 뼈아픈 고생을 하고 난 뒤 찾아오는 행복의 시간이므로 교수들은 더욱 값지게 생각을 한다. 주로 외국의 선진화된 학문을 다시금 맛보는 절호의 찬스임과 동시에 장래 자기의 연구를 위한 재충전의 휴식기간이라 정말 매력적인 시기임에 틀림없다.

스페인어에 퀘렌시아Querencia라는 말이 있다. 사전에는 이렇게 쓰여 있다. 원래 사람이나 동물의 귀소본능의 장소라고. 좀 비약해서 말하면 투우장의 소만이 아는 그 장소를 말한다. 세상의 위험으로부터 자신이 가장 안전하다고 느끼는 곳으로 힘들고 지쳤을 때 기운을 다시 얻어내는 안식처이기도 하다.

그래서 투우鬪牛는 퀘렌시아에 있을 때, 투우사가 이 소를 쓰러트릴 수 없을 정도로 힘이 강해진다는 것이다. 그런 이유로 싸움 중 투우사는 소가 그곳으로 가지 못하게 하는 야비한 수법까지 생각해내야 한다. 무쇠 같은 소의 힘을 죄다 빼버리기 위해서 말이다.

매미 이야기다. 매미는 한겨울 땅속에서 내내 잠을 잔다. 인간이 느끼는 추위와 아랑곳없이 제법 만족을 하는 듯 땅속 퀘렌시아에서 휴식을 듬뿍 취하면서 보내는 것이다. 여름이 다가오면 자기의 몸에 지열을 느끼는지 땅을 헤집고 세상에 등장한다. 그것도 스스로 허물을 벗으면서 신비롭게 태어난다. 한여름 길게는 한 달 동안, 이 생명 다하도록 왱왱 소리 내어 울부짖고 또 울부짖는다. 그런 후 허망하게 생을 마감한다.

찜질방 이야기로 바꾸어보자. 우리의 찜질문화는 다른 나라에서는 찾아볼 수 없는 특이한 매력을 가지고 있다. 이웃나라 일본만 하더라도 우리와 비슷한 찜질방이라곤 아예 찾아볼 수 없다. 기껏 사우나나 노천온천露天ぶろ에서 목욕하는 것이 전부다. 그렇지만 어딜 가나 깨끗하기 그지없고 하이쿠俳句시를 읊으면서 조용하고 차분하게 바깥 경치를 감상하는 것을 즐긴다.

그것에 비해 우리는 63도의 소금가마, 70도의 소나무가마, 71도의 불한증막에서 땀을 빼고는, 빙하시대라는 아이스 방에서 청량감을 진탕 맛본다. 이런 퀘렌시아에서 몇 시간 뒹굴어보면 한국인의 저력을 그지없이 맛보게 된다. 그래선가 우리는 그동안 괄목할 만한 경제발전의 원천이 여기에 있었던 것이 아닌가 반문하게 된다.

퀘렌시아를 우리는 이럴 때 찾지 않나 생각한다. 스포츠

선수가 봄 시즌을 앞두고 한겨울 따뜻한 곳으로 전지훈련을 갈 때, 중병으로 큰 수술을 끝내고 제2의 삶을 시작하기 위하여 회복을 보듬을 때, 지친 삶으로 신성한 곳에서 일념으로 기원하려 할 때, 무엇보다 하루하루가 단조로워 만물의 모습이 무채색으로 보일 때가 아니겠나.

물론 사람마다 퀘렌시아의 시기는 다를 것이다. 어떤 경우는 외면의 장소보다 내면의 세계를 차분히 구하려 할 때도 나타난다. 종교인들처럼 마음치유나 명상을 수행하는 정적인 일에서 말이다.

인생은 쉼표 없는 악보라 하지 않는가. 그래서 음악을 연주하는 사람은 필요할 때마다 쉼표를 매겨가며 연주해야 아름다운 음악이 생생히 살아날 것이다.

오늘을 사는 우리의 삶은 너무나 위협적이고 도전적인 일이 많다. 그럴수록 숨 고르면서 사는 일이 어느 때보다 필요하다. 자기만의 퀘렌시아를 만들어 잠시 쉬었다 가는 것, 이것이야말로 행복에 이르는 최고의 지름길이 아니겠나?

반갑다 책방아!

종이책을 읽는 행복

동네에 제법 큰 서점 하나가 생겼다. 가로수 길을 쭉 걸어서 30분 정도 거리의 복합문화 공간 속에 위치하고 있다. 입구에 들어서면 뭔가 차분하면서 야릇한 느낌이 든다. 양쪽으로 서가가 즐비하게 서 있는 것이 마치 유명 컨벤션센터에 들어서는 기분 같다. 고급스러운 테이블과 의자 대신 금방 세상에 나온 신간서적들로 사람들을 압도한다. 은은히 울리는 음악소리는 다름 아닌 오르골Orgel 돌아가는 소리다. 쇠막대바늘이 회전하며 닿는 소리가 이렇게 마음을 온화하게 해줄 줄은 미처 몰랐다. 동화 속 신데렐라가 저 먼 곳에서 꽃마차 타고 사뿐히 다가오는 듯하다.

안쪽 아늑한 곳에는 독서 테이블이 길게 자리 잡고 있어 도시남자들의 칵테일 바를 연상케 한다. 마치 화려한 유럽의 궁전에 들어와 바이블을 꺼내 들고 보는 신성한 분위기까지 연출한다.

미국 북서부 오리건주 포틀랜드에 독립적인 문화를 이룬 유니크한 곳이 있다. 지적수준이 높은 도시답게 세계에서 제일 큰 서점 파월Powell's이다. 도시 한 블록 전체를 차지하고 있고 150만 권이나 진열된 어마어마하게 큰 서점이다.

최근 이러한 대형서점에 책을 찾는 사람들이 예상외로 많아졌다고 한다. 다시 말하면 종이책을 읽는 독자들이 몇 년 전보다 많아졌음을 말해주는 것이다.

교보문고 조사를 보면, 지난 2012년 이후 평균 4%씩 줄어들었던 책 판매량이 지난해에는 2% 증가세로 들어섰다는 것이다.

그것은 아마 이런 이유일 것이다. 종이책에는 디지털에서 볼 수 없는 고유의 매력이 있다. 손에 느껴지는 종이의 질감뿐 아니라 책과 직접 조우해보는 느낌은 스마트폰의 검색창에서는 맛볼 수 없는 특별난 매력이 있기 때문이다.

더욱이 전자 디지털에서 느끼는 피로감도 큰 원인이다.

얼마 전만 해도 웹Web의 발달과 전자책이 생활 깊숙이 파고들면서 종이책의 종말을 예언한 사람들이 적지 않았다. 그러나 이같이 세계적으로 종이책을 찾는 사람들이 다시 늘고 있는 것을 보면 출판문화의 미래는 상당히 밝을 전망이다.

미국도 마찬가지로 전미全美출판협회 조사에 의하면, 전자책 판매는 18.7% 줄고 오히려 종이책 판매는 7.5% 늘었다고 한다. 이러한 현상에 편승하여 세계 최대 규모의 독일 미디어기업 베르텔스만Bertelsmann이 미국출판사 펭귄랜덤하우스Penguin Random House의 지분을 75%까지 늘리며 출판사업에 크게 배팅했을 정도다.

미국 링컨 대통령이라 하면 노예해방, 게티즈버그의 명연설 등을 손꼽을 수 있다. 아무래도 그중 가장 먼저 떠오르는 것은 '책을 읽고 있는 턱수염 난 링컨'의 모습일 것이다. 1864년 매슈 브래디Mathew Brady가 찍은 이 링컨의 '사진 한 장'은 길이 역사에 남는다. 의자에 앉아 막내아들 토머스에게 열심히 책을 읽어주고 있는 흑백사진 한 장. 미국

대통령 중 가장 책을 좋아한 대통령이기에 미국민 모두가 존경하는 인물이 되지 않았는가!

그는 남북전쟁의 승리를 축하하는 연설 가운데에서도 청중들에게 "여러분! 책을 한번 잡아보십시오! 그러면 여러분들은 더욱 훌륭한 사람으로 살다가 죽을 겁니다!"라고 특별히 책 읽기를 강조했다.

지금 정부 차원에서 많은 예산을 들여 독서 캠페인을 벌이고 있다. 고위직에 있는 어떤 사람이라도 이와 같은 '책을 읽고 있는 사진' 캠페인이야말로 엄청난 독서효과가 있지 않을까?

이제 조금 있으면 자연이 고이 맺어준 결실의 계절이 찾아온다. 마음의 반딧불 아래에서 당신이 읽고 싶어 하는 책한 권 골라, 독서삼경에 빠져봄이 어떨까. '삶'의 여행이 바로 그곳에 있으니 얼마나 좋은가!

초겨울의 욕망

'욕망이라는 이름의 전차'

오늘도 하루가 시작된다. 모두들 무엇 때문에 이렇게 바동거리며 살아가는지. 다람쥐 쳇바퀴 돌듯이 말이다. 도시인들은 단조로운 생활에 주눅이 든 듯 말들이 없다.

난 단조로운 생각이 들면 과거로 되돌아가는 습관이 있다. 지난 젊은 대학생 때로 잠깐 거슬러 올라가 본다. 아직도 수십 년 전의 모습이 선명히 떠오르니 마치 타임머신을 타고 날아다니는 것 같다.

"으음… 이 커피 향기… 당신의 향기가 나를 행복하게 합니다."로 시작하는 어느 TV의 유명 커피 회사 광고카피. 중저음의 국민배우 안성기의 목소리다.

나와는 같은 대학 같은 학년인 그다. 지금의 광고화면에 비치고 있는 그의 얼굴을 보면, 옛날과는 그리 다르지 않다. 다르다고 하면 이마에 쌍 주름이 졌다는 것, 양 보조개가 옛날보다 좀 더 깊이 들어갔다는 것. 그러나 동그랗게 광채 나는 눈빛은 지금이나 예나 조금도 다를 바 없다.

그 당시 그가 무대에 오른 대학동아리의 연극 '욕망이라는 이름의 전차'A Streetcar Named Desire 1947가 생각난다. 그때부터 그는 주인공 '스탠리'역으로 열연했다.

미국 현대극에서 최고의 고전으로 치는 이 연극은, 원래 퓰리처상을 받은 원작자 테네시 윌리엄스T. Williams 1911-1983 의 희곡 작품이다. 동시에 비비안 리와 말론 브란도를 일약 스타덤으로 올려놓은 영화1951이기도 해 뭇사람들의 향수를 다시 맛보게 한다.

여주인공은, 사라져가는 미국 남부의 문화적 전통을 고수하여 현실 세계에 적응하지 못한다. 좌절하여 정신과 육체의 균형을 잃고 '욕망'과 과거의 환상 속에서 자기의 은둔처를 찾으려 몸부림친다. 여주인공 블랑쉬로 분한 비비

안 리를 통해 현대인의 좌표를 극명하게 보여준다. 주인공 스탠리로 분하며 그의 섹시한 아이콘을 폭발할 듯한 에너지로 연기한 말론 브란도에 대해 팬들은 이보다 더 잘할 수 없을 것이라 극찬한다.

'욕망'이란, 본능적으로 추구하기도 하고 분별력과 지혜를 발휘하여 의식적으로 추구할 수도 있다. 만약 바람직한 상태라고 생각했던 것이 이루어지면 만족감이나 행복감을 느끼고, 그 반대가 되면 오히려 불쾌감 좌절감을 느끼는 것이다. 인간의 노력은 모두 이와 관련돼 있다고 해도 과언이 아닐 것이다.

미국의 심리학자 매슬로우A. Maslo 1908-1970는 인간의 욕구는 타고난 것이고, 욕구의 강도와 중요성에 따라 생리적, 안전, 애정, 존경, 자아실현 욕구와 같이 5단계로 분류할 수 있다고 한다. 인간의 욕구는 하위단계에서 상위단계로 계층적으로 배열돼 아래 단계의 욕구가 충족돼야 그다음 단계의 욕구가 발생한다고 하는 아주 흥미로운 이론이다.

'욕망'이나 '욕구'는 경우에 따라 매우 좋은 것이다. 그러나 어떤 대상이든 과욕은 정말 금물이다. 과욕을 부리면 언젠가 영락없이 탈이 나게 마련이기 때문이다.

며칠 전 우리 인간의 삶에 대해 어느 선지식은 말씀하셨다. 석가가 위대하다고 하는 이유는, 이 세상의 허망함과 인생의 무상함을 알았기 때문이라고…. 제발 평등하게 배분하면서 살아갔으면 한다.

행복은 목표가 아니다.

단칼에 행복해질 수 있는 처방도 없다.

사소한 즐거움을 소중히 여기는 것. 거기서부터 시작하자.

행복

누가 이 세상에서 가장 행복한가

행복한 고흐처럼

행복이란 꿀벌이 조금씩 꿀을 따 모으듯

학교 근방의 조용한 카페다. 한쪽 벽에 해바라기 한 다발을 수채화로 그린 액자 하나가 걸려 있다. 해바라기의 색은 금색을 하고 있으니까 아마도 재물을 끌어들인다는 말이 있어 일부러 그렇게 걸어놓았을 것 같다.

그 그림은 강렬하고 선명한 색채로 빈센트 반 고흐V. van Gogh 1853-1890가 그린 '해바라기'라는 작품이다. 소크라테스의 얼굴을 닮은 '우체부 조셉 룰랭' 그림도 마찬가지다. 아니 그의 많은 그림이 그러니 스트레스 속에 사는 우리 현대인들은 좋아하지 않을 수 없다. 왜냐하면 강한 색채, 이글거리는 화필의 힘이 너무나 사실적이어서 직관하고 있으면 그 매력에 빨려들어 카타르시스를 느끼게 하기 때문이다.

네덜란드 출신 고흐는 1888년 프랑스 남부에 있는 따뜻한 마을에 처음 도착한다. 아를Arles이라는 곳으로 해바라기가 지천으로 깔려 있는 목가적인 마을이다.

우연히 들판에서 한 아이와 마주친다. 그 아이는 낯선 모습의 이방인 고흐를 보고 "아저씨는 누구세요?"라고 묻는다. "나는 화가인데 아름다운 이곳을 물어물어 찾아왔지." "화가는 뭐 하는 사람이에요?" "아, 화가란, 이곳의 많은 해바라기나 사이프러스 나무나 사람들의 얼굴 등등 이 세상 모든 것을 다 그리는 사람이지!"

신기하게 느껴졌는지 그 아이는 해바라기꽃 한 다발을 따서 고흐에게 선물로 준다. "아저씨! 그럼 이걸 좀 그려주세요!"라고 부탁한다. "너, 이름이 뭐지?" "저는 카밀 룰랭이에요. 카밀 룰랭요. 나이는 11살이고요. 저의 아버지 이름은 우체부 조셉 룰랭이고요." 잠시 머뭇거리다가 "그럼 아저씨 집으로 놀러 가도 돼요?……." 대화가 끝이 없다.

이렇게 둘은 하루가 멀게 친해져 갔다. 고흐는 아를에서

14개월 동안 생활했는데 그의 인생에서 정말 시간 가는 줄
모르는 가장 행복한 시기였다.

　　그의 전 생애에 걸쳐 그린 수많은 작품 중, 200점 이상의
유화와 100점 이상의 수채와 소묘를 이곳에서 집중적으로
그려 후세사람들에게 영원히 사랑을 받고 있는 것이다. 불
행히 이듬해 짧은 생을 마감한 비운의 화가이지만 정말 영
혼의 예술가이다.

　　어느 해인가 퇴직하신 선배 교수님이 하신 과찬의 말씀
이 아직도 뇌리에서 떠나지 않는다. 다름 아닌 나의 졸저
'일본어 머리말 문장산책'2005에 대하여 평하면서 "이번 저
서는 내용이 특이하고 신선해서 좋아요. 대박 나세요!"라고
격려를 해주셨다. 이 책은 듀이 10진분류법에 의하여 대학
도서관 서고에 있는 대표적인 '머리말' 문장을 채록하여 분
석해놓은 다섯 권으로 된 시리즈다. 만날 때마다 칭찬의 말
씀을 들려주어 나로서는 그야말로 행복한 순간이었던 것
같다.

　　달포 전 작은딸이 병원에서 조그마한 용종 수술을 받았
다. 태어나서 처음 받는 일이라 본인도 놀라고 가족들도 무

척 걱정했다. 수술비용이 제법 나와 부모가 대신 지불하니 딸은 굉장히 부담스러워하는 것이다. 미안한 마음도 있고 고맙게 생각한 것인지 봉투에 우리들에게 현금을 넣어서 주는 것이다. 그것도 겉봉투에 "아빠 엄마! 감사합니다!"라고 정서로 써서 말이다. 얼마 되지 않은 돈이지만 교통비에 보태어 쓰라는 것이다. 아직 독립을 하지 않은 딸이지만 생일이나 결혼기념일 등 무슨 날이면 빠짐없이 소액을 정서로 쓴 봉투에 넣어 보내주는 좋은 습관을 갖고 있다. 진정으로 소소한 행복의 시간을 맛본다.

'행복'이란 '마치 꿀벌이 여러 꽃에서 조금씩 꿀을 따다 모으듯' 우리가 살아가는 삶의 곳곳에서 조금씩 맛보면서 사는 것이 아닐까. 어느 누구에게도 '가장 행복한 시기'가 있기 마련이다. 그러나 우리의 삶의 목표는 '가장' 행복한 시기를 맛보는 것이 아니라 '항상' 행복한 시기가 펼쳐지기를 바라는 것이다. 빈센트 반 고흐가 행복하게 보낸 시기처럼 말이다.

'지금 그 사람 이름은 잊었지만'

가을의 마음은 곧 행복이다

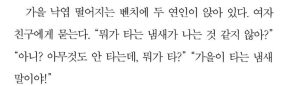

가을 낙엽 떨어지는 벤치에 두 연인이 앉아 있다. 여자 친구에게 묻는다. "뭐가 타는 냄새가 나는 것 같지 않아?" "아니? 아무것도 안 타는데, 뭐가 타?" "가을이 타는 냄새 말이야!"

비록 연인이 아니라도 가을을 타는 사람이 의외로 많은 것 같다. 독일이 낳은 세계적인 시인 하이네는 '가을'을 기막히게 읊고 있다.

가을바람에 나무는 흔들리고
촉촉이 밤은 야기夜氣에 젖고 있다

나는 회색 외투를 걸치고
마차를 타고 홀로 숲속을 간다
……
바람은 나뭇잎에 떠들썩거리고
전나무는 가만히 속삭이며 말한다 〔'가을바람에'에서〕

집에서 나오다 보면 가로수 길이 온통 노란 은행열매다. 약간은 구린 냄새도 나고 거기를 밟으면 질퍽거리는 감촉은 그렇게 달갑지 않다. 은행알과 도토리가 툭 떨어지고 있는 모습을 보면 상실감과 한편으로는 풍요로움을 느낀다.

독일의 시성詩聖 릴케 역시 '가을'을 잘 읊조리고 있다.

주여, 때가 되었습니다
지난여름은 참으로 위대했습니다
……
마지막 과실을 익게 하시고
이틀만 더 남국의 햇볕을 주시어 그들을 완성시켜
마지막 단맛이 짙은 포도주 속에 스미게 하십시오
……
바람에 불려 나뭇잎이 날릴 때.

불안스레 이리저리 가로수 길을 헤맬 것입니다' ('가을날'에서)

가을의 계절은 부족할 것 없는 사람도 헤맬 수 있고 여름내 최선을 다한 사람도 고독할 수 있다. 가을이라는 이름만으로도 우리는 과거를 돌아보게 되고 또 방황을 하게 된다. 그러나 이때만큼은 방황과 고독을 느껴도 괜찮을 것 같다. 왜냐하면 '가을의 고독'을 아는 자만이 익어가는 과일의 진정한 '단맛'을 알 수 있기 때문이다.

이 세상에서 가장 좋은 '가을 음악'을 하나 추천하라고 하면 다음의 곡을 이야기하고 싶다. 이진섭 곡에 박인희가 부른 낭만적인 노래다.

지금 그 사람 이름은 잊었지만
그 눈동자 입술은 내 가슴에 있어
바람이 불고 비가 올 때도
나는 저 유리창 밖 가로등 그늘의 밤을 잊지 못하지
사랑은 가고 과거는 남는 것
여름날의 호숫가 가을의 공원
그 벤치 위에 나뭇잎은 떨어지고…… ('세월이 가면'에서)

1956년 이 시를 쓴 시인 박인환1926-1956은 젊은 나이 31세에 요절했다. 시인 이상李箱을 기리며 사흘간 쉬지 않고 마신 술 때문이다. 그해 이른 봄 저녁, 명동의 경상도집 식당에서 시인, 작곡가 등이 술을 마셨는데 즉석에서 박인환은 시를 쓰고, 그 시를 넘겨다보던 이진섭은 곡을 붙였다고 한다. 그것에 70년대 팝송가수 박인희가 리메이크해서 애절하게 불렀던 노래가 바로 '세월이 가면'이다.

그리움과 상실의 슬픔이 느껴지는 한국판 '핫'한 가을 시다. 가을이 되면 한 번쯤은 읊어보고 불러보고 싶은 시와 노래가 아닌가. 모든 것이 힘들고 어려웠던 그 시절, 전쟁의 상처는 곳곳에서 우리를 아프게 했던 시절이다. 이 시는 국민들에게 얼마나 많은 감동을 주었고 시인의 감성이 얼마나 숭고했는지 다시금 감상해본다.

가을이 왔다는 것은 분명 산천초목이 변했다는 말과 다를 바 없다. 1년의 결실을 고스란히 나무에게서 엿볼 수 있는 것도 자연의 오묘함이다. 나뭇잎은 낙엽이 되기까지 어린 싹의 시절과 5월의 연푸른 시절을 알고 있는지 또 푸르고 왕성한 한여름의 시절을 알고 있는지 이제는 다가올 혹독한 추위도 맞을 준비를 해야 한다.

꼬마의 '사택'과 짝꿍

어릴 때의 기억을 찾아서

몇 년 전까지만 해도 내가 몸담아 있는 대학 내에 서너 동의 '사택'이 있었다. 우수한 교수진들을 위한 개교 당시의 특별한 배려 차원에서 지어진 것이다. 이제는 그들 나름의 아름다운 추억으로 남아 있는 곳이기도 하다.

그곳에 둥지를 틀어 옹기종기 살면서 아이들은 자랐고 그 아이들이 성인이 돼 독립하여 떠난 의미 있는 곳이기도 하다. 당연히 즐거웠고 정이 푹 든 그런 곳이다. 그러나 이제 그들이 떠나고 없는 자리에, 학생들을 위한 큰 건물 하나가 덩그러니 서 있으니 그들은 얼마나 가슴이 아플까. 무엇보다 그곳에서 자란 아이들의 추억은 결코 잊을 수 없는 터가 될 것이다.

이와 같이 '사택'이라는 현상을 보니, 프랑스의 천재 철학자 베르그송H. Bergson 1859-1941의 '현재시간'을 이야기하지 않을 수 없다. 현재라는 의식 속에는 과거와 미래 모두 포함돼 있다. 모든 것이 변하는 현재의 시간이야말로 우주의 가장 본질적인 것이라 주장했다. 의식에 예고도 없이 비㎖자발적으로 진입해 들어온다는 것이다. 예를 들면, 보통 때는 일어나지 않는 유년기의 추억들이 바로 그것이다.

그럴진대 나의 어릴 때 살던 '사택'에서의 기억이 무의식적으로 살아난다.

대구는 일찍이 일제강점기부터 방직산업이 어느 도시보다 발전되어 있었다. 몇 개의 방직회사가 모여 있는 동네에는 제각기 독특한 '사택'이 있었다. 내가 살던 곳도 그중 하나다.

꼬마가 다니는 초등학교는 제법 멀었던 것 같다. 사택 밖으로 나와 긴 담장을 옆으로 둑을 거쳐 굴다리를 지나 걸어 다니는 것이 일상이었다. 그 옆에는 또 꼬마가 다녔던 갈색 벽돌의 칠성병원도 눈에 아른거린다. 조금 더 가면 전매청. 그곳 굴뚝에서 뿜어 나오는 하얀 김을 쳐다보면서 걸어가면 얼마 가지 않아 학교 정문에 도착한다. 학교가 파하면

이 꼬마는 얼른 집으로 돌아와 무엇을 하면서 놀 것인지 궁리하는 것이 일이었다.

꼬마가 살고 있던 사택은 굉장히 넓었던 것으로 생각한다. 아마도 가로세로 직경 십 리 정도까지 상상했으니 말이다. 또 그땐 친구들이 유난히 야구를 좋아했는데 특별히 운동장은 필요 없었다. 사택 한가운데가 그들의 야구장이고 놀이터가 되었으니까 말이다.

그 안에는 호기심 나는 구멍가게가 두 개 있었다. 하나는 영철이 할아버지가 하는 가게. 그 할아버지는 귀 뒤쪽에 큰 혹이 달려 있어 혹부리 영감이라 불렀다. 또 하나는 꼬마가 단골로 다니던 구멍가게. 손에 쥔 돈은 없었지만 꼬마는 그냥 구경하는 것만으로도 재미있어했다. 오늘은 또 새로운 것이 무엇이 있나 하고 말이다.

조금 안쪽으로 들어가면 늪지도 보인다. 웬 잠자리가 그렇게 많고 큰지 지금 생각해보니 그놈들은 왕잠자리였다. 아무것이나 막대기에 달아매고 휘두르면 그놈은 확 달라붙는데 곤충채집하는 도구로는 최고였다.

사택이라는 말이 나오면 무엇보다 초등학교의 '짝꿍'이

생각난다. 산수책 한 권을 둘이 같이 보면서 공부했으니 더욱 재미났을 것이다. 어느 날인가 "크리스마스 이브에 꼭 우리 교회에 와줘!"라고 졸라대는 짝꿍의 말도 귓가에 아른거린다. 그 소리에 꼬마의 마음은 더욱 두근두근했던 것 같다.

게다가 짝꿍의 엄마가 말하는 상냥한 서울 말씨를 꼬마는 결코 잊지 못한다. 이런 것들이 사투리를 쓰는 꼬마에게는 늘 신기하게 느껴져 짝꿍의 집 앞으로 지나는 것을 마냥 재미있어했다. 무엇을 하면서 노는지 어떻게 살아가는지 너무 궁금하기 때문이다.

할아버지 할머니가 살던 아담한 시골집까지도 눈에 선하다. 그 대문 천장 모서리를 보면 제비들이 들락거린다. 둥지 안의 새끼들이 조잘대고 있는 모습은 정겹기까지 한다. 거기에 대문 밖에 있는 갖가지 채소밭이 뜨거운 햇볕에 쪼이고 있는 모습은 아직도 선명하다.

구석진 곳에는 볏짚이 산더미같이 쌓여 있고 그 옆에는 시끌시끌한 돼지우리가 있다. 한때는 어미돼지가 새끼 12마리까지 낳았던 적이 있어 뇌리에서 지워지지 않는다. 토실토실하게 생긴 놈들이 그냥 어미젖을 이열횡대로 다닥다닥 붙어서 빨아댄다. 모습만 보아도 꼬마의 마음은 마냥 풍성한 느낌이다.

  이 모든 것을 보고 있노라면, 마치 M. 프루스트가 쓴 '잃어버린 시간을 찾아서'의 유년기처럼 잠시 나의 유년기로 돌아가 '잃어버린 시간'을 회상해본 것이다.
  누구든 잊어버린 어릴 때의 기억을 한번 회상해보는 것, 가치 있고 행복한 삶이 되지 않을까.

대학로 어느 고깃집과 '하모니카'

봉사하는 마음도 행복

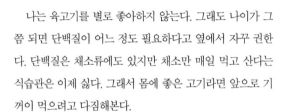

나는 육고기를 별로 좋아하지 않는다. 그래도 나이가 그쯤 되면 단백질이 어느 정도 필요하다고 옆에서 자꾸 권한다. 단백질은 채소류에도 있지만 채소만 매일 먹고 산다는 식습관은 이제 싫다. 그래서 몸에 좋은 고기라면 앞으로 기꺼이 먹으려고 다짐해본다.

아이러니하게도 결혼하기 전까지만 해도 돼지고기를 먹어본 적이 없다. 왜냐하면 어머니가 쇠고기 이외에는 아예 먹질 못하는 특이체질이기에 그렇다. 그 몸에서 태어난 체질이니 어찌하랴……. 이 특이체질이 조금씩 변해가는지 울산으로 주거를 옮겨와서는 돼지고기를 슬슬 먹기 시작했다. 대단한 신체적 변화다.

울산시내 중심가에 있는 어느 돼지국밥 가게는, 오래전 시장으로부터 큰 '상'을 받았다고 한다. 소위 '신지식인상'이라는 거다. 돼지고기의 특이한 비린내를 없앤 요리법을 도입하여 서민들에게 큰 공헌을 했다는 점이 인정돼서다. 그래서 그날부터 단골이 될 정도로 자주 들락거리기 시작했다. 본업이 강의를 하는 사람이라 돼지국밥 한 그릇 먹고 강의하는 날이면 그날은 효과 만점의 열정강의가 된다. 아니 돼지고기에 그런 에너지가 들어 있다니 놀라울 따름이다.

대학 건물 옆쪽에는 골목이 여러 개 트여 있고 여러 음식점들도 즐비하다. 작은 공원을 낀 다소 조용한 장소에, 새로운 고깃집이 하나 들어섰다. 어쩌면 대학의 제2식당이라 할 정도로 교직원들이 많이 왕래하는 맛집이다. 가게에 들어서면 제일 먼저, 서빙하는 종업원에서부터 여주인까지 늘 인상이 밝다. 심지어 고기를 쓸고 있는 아저씨까지도 밝은 미소로 손님을 맞이하니 또 찾고 싶어진다.

그래서인지 점심 먹으로 온 식객들도 덩달아 즐겁고 기분이 좋다. 고작 쇠고기국밥 한 그릇인데도 남녀노소 소탈

하게 먹고 있는 것을 보면 세상 살맛나고 활기가 넘친다. 아니 다른 식당에서 찾아볼 수 없는 그런 묘한 분위기를 자아내는 것이다.

왜 그런 묘한 분위기가 날까? 곰곰이 생각해보니 이 가게의 사람들, 특히 가게주인을 비롯한 종업원들의 밝은 눈매에서 발견할 수 있다. '봉사의 정신'이 스며들어 있다는 말이다. 이 가게의 여주인은 정기적으로 봉사활동을 한다. 독거노인은 물론 소외계층에 있는 사람에게 무료로 식사를 제공하는 일이다. 조용히 기부봉사를 하고 있다는 말이다.

이러한 일을 할 수 없는 사람의 경우라면 '재능기부'를 해도 작은 선행이 되지 않을까? 나는 오래전 중학교 때 생일선물로 하모니카를 선물 받았던 일이 있다. 애절하게 나는 그 소리에 매력을 느꼈는지 공부가 하기 싫을 때는 자주 입에 대기 시작했다. 그 덕에 지금은 우리 학생들과 더불어 '작은 음악회'를 개최할 정도로 조그마한 행복감을 맛보기도 한다.

어느 때는 울산에 있는 여러 어린이집에서 재능기부도 해보았다. 기껏 해봐야 3살에서 5살 정도 아이들에게 즐거움을 주는 일이다. 하모니카를 불고 있으면 꼬마들의 눈동자는 그지없이 맑다. 신기하게 구경하고 있는 아이들이 있는가 하면 그 소리에는 전혀 개의치 않고 장난만 치는 아이들도 있다.

1막이 끝난 후 한 여자아이가 가까이 다가오더니 "선생님! ……"하면서 조용히 나를 부른다. "왜?" 하고 물으니, "선생님! 힘들어 보여요!"라고 귀엽게 말을 건넨다. 원래 하모니카는 입으로 부는 악기라 호흡조절로 얼굴이 붉게 보이기도 한다. "선생님! 이제 다 끝났으니까요. 내가요? 이 하모니카를 각 속에 넣어줄게요 ……"라고 한다. "아! 그래? ……" 고마워서 나도 모르게 그렇게 하라고 했다.

하모니카 갑 속에 하모니카를 담고 있는 여자아이의 예쁜 고사리 손을 유심히 보니 너무나도 앙증스럽고 귀여운 행동이었다. 어쩌면 그렇게 마음이 기특하고 더없이 해맑을까 생각하니 나는 발걸음을 차마 집으로 되돌릴 수가 없었다.

하루하루의 삶이 속절없이 지나고 있다. 조그마한 봉사정신을 새기면서 살아가는 것 또한 행복한 일이 아닐까?

지금 이 순간 이 자리

누가 이 세상에서 가장 행복한가?

기차 타고 오랜만에 서울로 외출한다. 역 주변의 날씨는 아침이라 약간 찬 듯하지만 공기는 청아하기만 하다. 말 그대로 천고마비의 가을철같이 하늘은 매우 깨끗하고 높아 보인다.

울산은 이젠 옛날 공해도시가 아니다. '울산蔚山'이라는 한자에서 나타나듯 울창한 산림이 우거져 나무들이 잘 자라는 동네라는 뜻에 잘 어울린다. 그런지 정말 나무에서 뿜어내는 냄새 또한 청량하기 그지없다. 바야흐로 세계적인 생태도시로 탈바꿈해가고 있으니 놀라울 다름이다.

몇 년 전만 해도 서울까지 다섯 시간 이상 걸리는 거리.

그러나 이젠 KTX로 2시간여밖에 걸리지 않는 초스피드 시대에 살고 있으니 '행복한' 외출이 아닐 수 없다. '행복'이라는 말의 의미는 '복된 좋은 운수' 그리고 '생활에서 충분한 만족과 기분을 느끼어 흐뭇함'으로 풀이하고 있다.

고명한 선지식 무소유의 법정法頂은 평상시 '행복'에 대하여 이렇게 법문하고 있다.

> 진정한 행복은 먼 훗날에 이룰 목표가 아니라 지금 이 순간 존재하는 것이다. 과거를 묻지 말라! 이미 지나간 세월이다. 미래는 아직 오지 않은 일이다. 우리가 살아 있는 곳은 지금 이 순간 이 자리이다. ('一期 一會'에서)

이처럼 '지금 이 순간 이 자리'가 얼마나 중요한지 우리는 알아야 할 것이다.

좀 더 보태어 이야기하자. 행복이 목표가 아니라면 진정한 행복에 이르는 길이 있는가? 이 질문에 답한 사람이 또 있다. 우리에게 잘 알려진 현대 독일의 대표적인 언론가 볼프 슈나이더Wolf Schneider 1925-이다.

자신의 행복에 관한 사색을 정리한 그의 저서 '진정한

행복'에서 답하고 있어 동감이 간다. 즉 행복은, 기필코 달성해야 할 목표로 생각해서는 절대 행복해질 수 없다. 단칼에 행복해질 수 있는 처방은 없고, 사소한 인생의 즐거움을 소중히 여기는 것에서 행복을 느낀다는 것이다. 삶에 주어진 고통과 두려움을 담대하게 수용하고, 이상향으로서의 행복이 아니라 '행복의 현실'을 일깨워주는 것이다.

몇 년 전 영국의 한 유명 신문사가 현상 모집한 일이 있다. '누가 이 세상에서 가장 행복한가'라는 질문이다. 그 몇 개의 답을 보면 이렇다. 최고의 상은 모래성을 쌓고 있는 어린아이다. 2등은 하루의 집안일을 마치고 아기를 목욕시키는 엄마, 3등은 성공적인 수술을 마치고 만족해하는 외과의사, 다음은 작품 완성을 바로 앞두고 콧노래를 흥얼대면서 마무리하는 예술가가 뽑혔다.

바닷가에서 모래성을 쌓고 있는 어린아이는 그야말로 무심하다. 모래로 귀여운 토끼를 만들어보고, 또 착한 자기 엄마의 동그란 얼굴을 쌓아보고 있으니 얼마나 행복하겠는가! 그러나 그 모래성은 영원한 것이 아니라는 사실을 아이는 아마 모를 것이다. 그런데도 그 아이는 오로지 모래를 쌓는 그 자체가 좋아서 거기에만 집중한다. 그것이 바로

'행복'이 아닐까?

외과의사도 환자의 수술에만 몰두할 텐데 욕심이라고는 그야말로 티끌만큼도 없다. 음악가도 마찬가지다. 아름다운 선율을 창작하면서 혼신의 영감으로 오선지에 음표를 하나 하나 그려 넣을 것이다. 거의 완성되어 가고 있을 즈음 그는 극도의 쾌감을 느낄 것이고 지상 최대의 행복감에 젖을 것이다.

이와 같이 어린아이도 아기엄마도 그리고 의사, 작곡가도 욕심 따위는 전혀 없다. 그들은 한순간 한순간 즐거움을 느끼면서 이 세상 누구보다 지금 이 시간 가장 행복함을 느끼는 것이다. 모두 욕심 없고 '행복'이 가득 찬 하루하루였으면 한다.

흙벽화와 극락

행복의 길로 가려면

지난 추석날 밤, 초대형 만월 슈퍼 문Super Moon을 보고 딸아이가 소원을 빌었다 한다. 우리 가족의 소원과 안녕을 위하여서다. 그리고 다음 날은 가족 모두 '통도사'에 가서 돌아가신 조상에 대하여 마음의 기도도 올렸다.

그곳은 나에게는 특별히 명절이 아니더라도 가끔 들르는 사찰이다. 그날따라 그곳 경내를 무심코 살피게 되었는데 놀랄 만한 광경을 발견했다. 먼저 홍살문을 거쳐 천왕문을 들어서고 경내에 들어서면, 오른쪽 기와전각 '극락보전'의 흙벽에 그려져 있는 고색창연한 그림이다. 그냥 스쳐버릴 뻔한 한 점의 '흙벽화'다.

그 흙벽화 속에서 감동스러운 내용이 숨겨져 있다는 사실을 늦게나마 발견하였지만 그나마 정말 다행스럽게 생각된다. 경남 유형문화재 제194호로 지정되어 있는 '반야용선도'般若龍船圖 벽화다.

여기에서 잠깐 '극락과 지옥'의 의미를 사전에서 보자. 불교에서 '극락'은 아미타불이 살고 있는 정토淨土로 괴로움이 없으며 지극히 안락하고 자유로운 세상을 일컫는다고 한다. 또 인간세계에서 서쪽으로 10만억 불토佛土를 지난 곳에 있다고 흥미롭게 풀이하고 있다. 그렇다면 이러한 극락의 모습을 보기 위해서는 아마도 위의 '반야용선' 벽화를 감상해보면 적합할 것이다.

그러나 '지옥'은 큰 죄를 짓고 죽은 사람들이 구원을 받지 못하고 끝없이 벌을 받는 곳. 불교에서는 죄업을 짓고 매우 심한 괴로움의 세계에서 난 중생이나 그런 중생의 세계를 말한다고 한다. 이러한 지옥의 모습을 보려면, 아마도 일본의 벳푸別府 온천지역에 가면 상상이 될 것이다. 지옥온천순례地獄溫泉巡り라고 하는데 아홉 개의 지옥모습이 실제와 같이 적나라하게 재현되고 있어 보는 이로 하여금 흥미진진하게 한다.

'반야용선도'의 크기는 가로가 260cm 세로가 230cm로 극락보전의 뒷면 중앙부에 그려졌는데 상당히 크다. 중앙 위쪽에 가로로 길게 용선龍船이 묘사되어 있고, 뱃머리에는 극락으로 인도하는 깃발을 든 인로왕보살引路王菩薩이 합장 하면서 서 있다. 배 후미에는 중생을 지옥의 고통에서 구해 주는 지장보살이, 여섯 개 고리가 달린 지팡이 육환장六環杖 을 들고 서 있어 든든하게 보인다.

그리고 배 중앙에는 '극락으로 가는' 다양한 중생들의 모 습이 보여 인상적이다. 중생의 참회를 듣고 선법을 베풀어 준 비구와 비구니스님이 보인다. 그 옆에는 몸가짐이 바르 고 점잖은 양반도 보인다. 그리고 세상의 학문을 죄다 탐구 한 듯한 선비모습, 많은 풍상을 겪었지만 한평생 후회 없이 살아온 노인도 동승하고 있다.

그뿐인가, 무엇이 못내 미련이 많아 이 속세가 떠나기 어 려운지 자꾸만 뒤를 돌아보는 자상한 집안의 가장도 보인 다. 속세에서 못 다 한 사랑을 하였는지 극락에서는 좀 더 연緣을 갖고 싶어 하는 아가씨며, 아들딸 자식 잘되라고 합 장하는 할머니 등, 여러 신분의 중생들이 각자의 표정을 사 실적으로 짓고 있다.

배 아래로는 푸른 파도가 일렁이는 망망대해를 실감나게 표현하고 있다. 오른쪽 아래를 보면 봉우리 진 흰 연꽃이 구름 위로 솟아올라 있어 이미 연화장蓮華藏 세계에 이르렀음을 암시하고 있는 듯하다.

반야용선도는 반야, 즉 '지혜'를 깨달아 저 피안彼岸에 도달하는 것을 상징적으로 나타낸 의미심장한 한 편의 걸작이다. 불가에서는 선행善行을 많이 하면 죽어서 이 용선을 타고 영계靈界의 바다를 건너 극락정토로 간다고 한다.

세상은 그래도 악인惡人보다 선인善人이 많다. 미래에는 악인이 없는 세상, 선행을 많이 하는 사람만 사는 피안의 세계가 되었으면 한다. 그래서 반야용선을 타고 극락으로 가는 속세인들이 많아졌으면 한다.

행복의 왕도

삶에 긍정의 느낌들로 가득 채우자

지난 정부 들어 국무총리로 지명된 후보가 몇 번의 낙마를 거쳐 천신만고 끝에 결국 국회의 인준을 받았다. 다부진 몸매에 강인하게 보이는 새 후보자는 누가 보아도 빈틈없는 사람으로 보여 나라의 안정을 바라는 국민들의 관심은 이루 말할 수 없다.

후보로 지명된 후 청문회가 열리기 전까지 철저한 준비로 그야말로 자판기라는 별명을 얻기까지 했다. 세상 사람들은 그를 용의주도한 완벽주의자로 평가한 것 같다. 그런데 사석에서 언론에 대한 말실수로 혼쭐나 총리지명에 낙마했다. 국민들은 안타까운 마음과 동정심까지 보냈다.

국내에도 소개된 바 있는 하버드 대학의 고명한 철학자 탈 벤 샤하르Tal Ben Shahar 1970-는 '완벽주의자'에 대하여 분석하고 있다. 완벽주의자는 자고로 행복을 찾지 못한다는 것이다. 이유는 완벽과 행복을 동시에 추구하는 성향이 있기 때문이라 한다. 그의 주장은 '완벽하지 않아도 괜찮아! 당신은 지금도 충분히 좋은 사람이야'라는 논조다. 어찌 보면 입적하신 선지식 법정法頂의 '지금 이 순간 이 자리가 가장 좋다'와 다를 바 없다.

탈벤은 더 나아가 완벽주의자를 '부정과 긍정'의 개념으로 나누었는데, 우리가 흔히 말하는 완벽주의자를 그야말로 부정적 완벽주의자라 부른다. 반면에 긍정적 완벽주의자는 최적주의라는 고상한 용어를 사용하여 조심스레 다루고 있다.

이 부정적 완벽주의자의 특징은 성공보다 실패에 더 조심하기에 잘못하면 크게 우울증에 빠지기 쉽다는 것이다. 그러나 최적주의자는 삶에서 실패나 좌절 같은 것은 당연히 있을 수 있으니 그것들을 쉽게 수용하려 한다.

한 사람 더 이야기하자. 스탠포드 대학의 저명한 심리학자 캐롤 드웩Carol Dweck은 어린아이들의 연구를 통하여 흥미로운 사실을 발견했다. 다름 아닌 '고정적' 사고방식과 '성장형' 사고방식에 대한 것이다. 전자는 지능이나 인격, 사회성, 재능 등은 선천적 성향이라 절대 바뀌지 않는다고 한다. 그러나 후자는 능력과 재능은 얼마든지 후천적 노력에 의해 바뀔 수 있다는 것이다.

그래서 아이들에게 "너, 참 똑똑하구나!"라며 재능 자체를 칭찬해준 그룹과 "너, 열심히 노력했구나!"라며 행동에 대한 칭찬을 한 그룹을 나누어 재미나는 실험을 했다. 그 결과 행동에 대해 칭찬을 받은 아이들의 학업성취도가 훨씬 높다는 놀라운 사실을 발견한다.

노력을 강조하면 아이들은 자제력을 배우고 스스로 성공을 통제할 수 있다고 생각하게 된다. 그러나 타고난 지능을 강조하면 아이들은 성공이 자신의 통제력에서 벗어나 있다고 생각하고 실패에 대한 두려움으로 의욕, 성과, 행복 모두를 저하시킨다.

이와 같은 두 학자의 명쾌한 이론은 그냥 지나칠 수 없다. 자녀교육 문제뿐 아니라 부부 관계, 조직 내 상하 관계,

나아가 사회생활에서의 다양한 관계에까지 연결시킬 수 있으니 우리의 삶에 크나큰 지혜가 되지 않을 수 없다.

행복을 위해서는 모든 감정들을 소중히 해야 한다. 인생의 목표를 적당히 조절하고 적절한 휴식을 취해가면서 다가가는 것도 중요하다. 완벽주의자는 보기에는 행복해 보이는 것 같지만 행복을 진정 느낄 수는 없는 것 같다.

행복하기 위해서는 우리의 삶에 긍정적인 느낌들로 가득 채워야 할 것이다. 동시에 불안, 실패, 두려움 같은 부정적 감정들을 자연스레 받아들이는 것이야말로 행복의 종착역에 조금이라도 빨리 도달할 수 있을 것 같다.

살면서 꼭 하고 싶은 것

매일 삶의 기쁨을 찾고 있나

할머니 집에 오랜만에 놀러온 5살 여자아이가 뜬금없이 말을 건넨다.

"할머니! 할머니! 할머니는 살다가 후회해본 적이 있어?"

이같이 아이들은 애어른 같은 엉뚱한 질문을 잘 한다.

"글세⋯⋯."

할머니는 갑자기 질문을 받아 어처구니없는 듯 대답이 없다.

"그럼, 넌 후회해본 적 있나?"

이 물음에 아이가 이때다 하고 기다린 듯이 대답한다.

"응! 나는 혼자가 너무 외로워서 엄마 아빠한테 동생 하나 낳아달라고 한 게 가장 후회스러워. 왜냐하면 요즘 와서 동생이 너무 말을 안 들어서 죽겠어!"

이 영특한 5살 꼬마가 한 말이 아직도 뇌리에서 사라지지 않는다.

2007년에 개봉하여 선풍적 인기를 끈 외국영화 '버킷리스트Bucket list'가 있다. 이 말의 뜻은, 죽기 전에 꼭 해야 할 일이나 달성하고 싶은 목표 리스트를 말한다. 원래 중세시대 사형수가 목에 올가미를 두르고 양동이bucket 위에 서 있으면 그것을 걷어차 버린 것kick에서 유래된 말이라 한다.

이 영화에는 7080세대들에게 아주 익숙한 동갑내기 두 배우가 출연한다. 넬슨 만델라와 너무나 닮은 모습의 모건 프리먼, 그리고 명화 '뻐꾸기 둥지 위로 날아간 새'의 잭 니콜슨이 열연한 작품이다. 이들은 죽음을 앞둔 시한부 두 노인, 자동차 정비사 카터와 재벌사업가 에드워드를 연기하는데 그야말로 명콤비다.

잠시 줄거리를 보자. 주인공인 자동차 정비사 카터는 죽음을 앞두고 암병동의 병실을 에드워드와 함께 사용한다. 카터는 문득 대학생 때 철학교수가 리포트로 내줬던 버킷리스트를 떠올리면서 그 내용을 다시 한번 적어본다. 죽음을 앞둔 카터에게 이 리스트는 그저 꿈일 뿐이다. 같은 병실을 쓰고 있는 재벌가 에드워드 역시 카터의 버킷리스트 따위에는 관심이 없다.

하지만 이들은 죽음이라는 공통된 주제 앞에서 '나는 누구인가'를 정리할 필요를 절실히 느끼면서 얼마 남지 않은 시간 동안 '하고 싶은 일'을 다 해야겠다고 생각한다. 목숨을 걸고 버킷리스트를 실행하기 위해 그들은 무작정 병실을 뛰쳐나간다.

예를 들면, 아프리카의 심장부 탄자니아 세렝게티Serengeti National Park에서 모험을 걸어보고, 스카이다이빙도 하고, 눈물 날 때까지 웃어보기도 한다. 그뿐인가, 시속 175km를 달릴 수 있는 스포츠카 셸비 머스탱Ford Shelby Mustang을 타고 달려보고, 새하얀 북극지방을 비행하기도 한다.

더욱이 세계에서 가장 환상적인 풍광의 프랑스 레스토랑 라 세브르도르la Chevre d'Or에서 저녁식사도 해본다. 나아가 세계 7대 불가사의인 인도의 왕묘 타지마할을 찾아가고, 인류최대의 토목건축물 만리장성에서 오토바이를 몰아보기까지 한다.

이들은 실행할 때마다 목록을 하나씩 지워나가는데, 버

킷리스트의 목록이 다 사라질 무렵 두 사람은 결국 암으로 세상을 떠나버린다. 그들의 마지막 목록은 화장한 재를 깡통에 담아 경관 좋은 곳에 두는 것이다. 이를 위해 에드워드의 비서는, 히말라야 고봉에 올라가 돌로 작은 방을 만들어 안식처를 만들어준다.

삶의 '진정한 행복'에 대한 소중함을 죽음이 다가온 후에 느끼는 내용이어서 우리에게 시사하는 바 크다. 뒤늦게 잃어버린 꿈을 찾아가는 현대인들의 초상을 투영시킨 영화로, 바쁜 세상을 살아가는 우리 개개인의 삶의 소중한 부분을 한번 되돌아볼 수 있는 좋은 계기가 된다.

누구든 평상시 '후회' 없는 진정한 생활을 해야 할 의무가 있다. 매일매일 '삶의 기쁨'을 찾는 것 또한 중요한 일이다. 그렇게만 한다면 버킷리스트 같은 것은 필요 없을 것이다. 그것은 어디까지나 자기 자신을 위하는 것이고 자기 이외 모든 이에게도 행복을 줄 것이다.

당신은 지금 이 순간 무엇을 가장 하고 싶은가? 그리고 죽기 전에 꼭 하고 싶은 것이 무엇인지 한번 리스트를 작성해보면 어떨까?

붓다와 등불

붓다의 마음, 백만분지 일이라도 닮자

나는 부처님 오신날 하루 동안 집에서 밥을 먹지 않는다.
혹시나 잘못 이해하여 하루 동안 아무것도 먹지 않고 숫제
굶는 것으로 생각할 것 같다. 그렇지 않다.

올 석탄일 아침공양은 집 가까이에 있는 사찰에서, 그리
고 점심은 장소를 바꾸어 1시간 반 정도 떨어진 시내 오피
스타운이 즐비하게 둘러싼 사찰에서 공양을 했다. 저녁은
거기에서 다소 떨어진 곳으로 법정 스님의 혼이 깃들어 있
는 맑고 향기로운 사찰에서 공양했다. 더군다나 사찰음식
은 소화가 잘 되는 채식이라 부족한 느낌이어서 저녁 이후
에는 덤으로 칼국수까지 먹고 충족한 하루를 보냈다.

2500여 년 전 붓다가 출가하여 수행을 할 때 분소의糞掃衣를 입고 다니면서 '새가 먹어도 배부르지 않을 정도'의 미량으로 감내했다. 그것에 비하면 나는 이렇게 네 끼를 든든히 먹었으니 이루 말할 수 없는 치심恥心에 사로잡힐 뿐이다.

그러나 여기저기 사찰을 찾으면서 시주하고 소원을 이루도록 연등을 달고 기와에 정성스레 기명하여 불사도 하였다. 그래서인지 다행히 마음 한구석 부끄럽고 황송한 마음을 조금이나마 메울 수 있었다.

한편으로 나는 이날만큼 붓다가 된 것인 양 속세의 한가운데를 마음껏 드나들면서 활보한 듯하다. 그러는 사이 속세에서 일어나는 많은 기쁨과 평안함을 만끽했지만 반대로 말할 수 없는 가긍可矜한 광경을 느닷없이 보기도 했다.

도심 한가운데에 위치한 큰 사찰 입구에는 석탄일을 맞이하여 많은 대중 신도들이 줄지어 출입하고 있었다. 입구 양편에는 걸인뿐만 아니라 중증 장애인, 하물며 갓난아이를 안고 있는 거무추레한 아기엄마까지 마냥 길바닥에 주저앉아 구걸하고 있는 것이다. 마음 한편 가슴이 타들어가는 느낌이 들었다.

그것을 생각하면 붓다의 '자비로운' 말씀이 불현듯 떠올랐다. 붓다가 출가하여 수년이 지난 어느 날 기원정사祇園精舍에 계실 때다. 국왕이 붓다의 고귀한 설법을 듣기 위하여 붓다를 진중히 초청한 일이 있다. 국왕은 붓다를 맞이하는 행차길이 너무 컴컴하여 만 개의 등불을 달도록 명한 것이다.

그런데 그 마을에는 가난한 여자貧女가 살고 있었다. 존엄한 붓다가 이곳으로 행차하신다고 하니 그녀도 등불을 간절히 달고 싶어 하는 것이다. 그러나 너무나 가난하여 등을 구입할 수 있는 처지가 아니었다. 그래서 여기저기를 찾아 동냥하여 겨우 작은 등불 하나를 달게 되었다.

붓다의 설법이 끝나고 수많은 등불은 모두 꺼져 주위는 고요하기만 했다. 그렇지만 저 멀리 빈녀의 조그마한 등불은 아직 가물가물 꺼지지 않고 있으니 수제자 아난은 붓다에게 말했다. "세존! 저기 작은 등불 하나가 아직 켜져 있습니다!"라고 하면서 등불을 끄려 하자 붓다는 "아난아! 이 세상의 모든 등불은 꺼져도 저기 빈녀의 작은 등불만은 절대 꺼져서는 안 된다!"라고 말씀하신다. 그것은 빈녀가 너무나 간절한 정성으로 등불을 밝힌 것이니 오랫동안 켜져 있어야 한다는 것이다.

우리의 삶에서 복잡다단한 일들을 간단히 해결해주는 분은 바로 붓다이다. 이러한 훌륭한 능력은 누구에게서 배운 것이 아니라 붓다 스스로 깨우친 것이다. 6년의 고행 끝에 세상의 무익함을 버리고 중도中道를 터득한 후, 나이란자나 강가의 보리수나무 아래에서 용맹스레 정진했다. 그 결과 마침내 깨달음을 얻고 모든 괴로움과 속박에서 벗어나 행복하고 자유로운 성자가 된 것이다.

속세에 사는 우리 중생들은 비록 붓다의 마음을 모두 쫓아갈 수 없다. 그렇지만 백만분지 일이라도 그 마음을 쫓아갈 수만 있다면 얼마나 행복할까? 그러면 우리가 사는 이 대지가 행복스럽고 아름다운 정토가 될 것인데 말이다.

행복한 눈물

진정한 본질이 무엇인가

어느 해인가 송아지 한 마리가 돼지고기 삼겹살 1인분 값에 지나지 않자 슬픈 워낭소리가 온천지에 메아리쳤던 적이 있다. 그리고 수입 쇠고기 광우병사태가 발생하여 세상이 뒤숭숭했다. 조사단의 현지 확인 후 다행히 식품건강 안전에는 문제가 없었다고 한다.

송아지 이야기가 나왔으니 근대 한국미술을 대표하는 화가 이중섭1916-1956의 '황소'1953에 대해 이야기해보자.

평안남도 평안의 부유한 농가에서 태어난 그는, 18세 되던 해까지 들판에 있는 '소'를 유난히 관찰하고 스케치하기를 좋아했다. 6·25전란을 맞아 남으로 내려와 여러 곳을 전

전하면서 피난살이 했다. 그 후 일본인 아내와 자식을 일본에 두고 기러기아빠 신세로 40세에 생을 마감했는데 유명한 작품 '황소'를 그려 수작으로 인정받았다. 소의 외침을 강렬하게 표현하기 위해 유달리 많은 주름을 그려 넣었고 코와 입에 칠해진 강렬한 붉은색이나 사람 얼굴처럼 소의 표정을 그려 매우 생동감 있고 역동적으로 표현했다.

작품에서 그가 표현하고자 하는 '본질'은 무얼까? 그것은 우람한 황소 모습 그 자체가 아니라 고향을 두고 온 실향민의 간절한 '향수'를 나타내는 것이다.

1950년 이후 이중섭과 쌍벽을 이룬 작가로 가장 한국적이면서 가장 현대적인 화가 박수근1914-1965이 있다.

강원도 양구 산골에서 태어난 그는 그림의 소재를 생활 속에서 찾아 시골 사람들을 자주 등장시키는 그야말로 거짓 없는 한국의 평범한 서민상을 잘 묘사했다. 화면의 바탕은 유난히 화강암 표면같이 우툴두툴한 효과를 자아냈는데 그의 대표작 '아기 업은 소녀'1963는 너무나 유명하다.

바가지 머리모양을 한 시골소녀가 그냥 아기 업고 있는 모습을 보여주는 것이 고작이지만 그림에서 나타내고자 하는 작가의 본심은, 이름 없고 가난한 서민의 삶을 소재로 한 그야말로 인간의 '선함과 진실함'을 그리자는 것이다.

이러한 향토성 있는 화가는 머나먼 이국땅 미국에서도 찾아볼 수 있다. 가장 뉴욕적이고 뉴욕을 대표하는 예술가로 미국인의 향수를 잘 자아내는 뉴욕 맨해튼 출신인 로이 리히텐슈타인R. Lichtenstein 1923~1997이다.

그의 대표작 중 수백억 원을 호가하는 인기작 '행복한 눈물'Happy Tears 1964은 어느 해 국내 대재벌이 회사 감사를 받으면서 세간의 뉴스거리가 되었던 문제의 작품이기도 하다. 화면을 유심히 쳐다보면, 빨강머리에 눈물을 흘리면서 웃고 있는 모습, 게다가 빨간 입술을 반쯤 벌리고 애처로운 눈빛을 한 여성 캐릭터의 만화 같은 그림이다.

그 역시 표현하고자 하는 본심은, 빨간 입술의 요염한 여자 모습이 아니라, 미국인들의 '향수'를 자극하는 흘러간 그 옛날의 문화에 갈증을 느끼게 하는 것에 있다.

생뚱맞은 이야기이지만 잠시 '먹을거리'에 대한 이야기다. 6·25전란 이후 피난 시절, 먹을 것이 없었던 서민들에게 공짜로 비빔밥을 보시布施한 어느 할머니 이야기다.

할머니의 딸, 그 딸의 며느리, 또 그 며느리의 딸과 사위, 4대로 86년째 이어지고 있는 울산의 어느 비빔밥집이다. 그 가게에 문을 열고 들어가 앉으면 종업원은 살포시 꿇어

앉아 주문을 받는다. "소고기는 삶은 걸로 할까요? 날 것으로 할까요?"라고.

곁들여 나오는 한국의 전통 놋쇠그릇에 탕국을 함께 먹으면 한껏 포근한 고향의 맛으로 돌아가게 된다.

언젠가 일본인 교수 두 명과 초청강연회를 마치고 이 음식점에 와서 함께 식사한 적이 있다. 그런데 금방 나온 비빔밥을 내가 용감하게 비벼대니, "아니, 보기 좋은 음식을 그냥 그대로 먹으면 좋을 텐데 왜 비비는 건가요?"라고 물어본다. 언뜻 나는 그 말을 듣고 기분이 별로 좋지 않았다.

그래서 다음과 같이 조목조목 설득시켜 주었다. "이 음식은 혼돈상태가 될 때까지 비벼야 맛이 있지요. 여러 재료들이 섞이면 맛이 최고조로 달하지 않습니까? 노련한 지휘자의 지휘봉에 따라 연주되는 오케스트라의 멋진 하모니를 들어보셨지요? 비빔밥의 진정한 맛은 '조화'에서 생기는 것이지요……."

이와 같이 비빔밥과 향토 미술작가들의 작품에서, 우리는 그것을 외형모습 그대로 볼 것이 아니라 '본질'을 이해해야 한다. 다시 말하면, 세상의 모든 일에 대해 바깥 외형

만 보고 가볍게 판단하기보다는, 그 내면의 진정한 본질이 무엇인지를 아는 것이 중요하다. 그렇게 깨달을 때 우리의 삶은, 진정 가치 있고 행복한 일상으로 자리매김할 수 있지 않을까?

삶과 효율

아이젠하위의 'THROW 법칙'

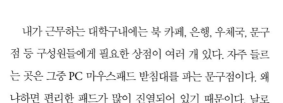

　내가 근무하는 대학구내에는 북 카페, 은행, 우체국, 문구점 등 구성원들에게 필요한 상점이 여러 개 있다. 자주 들르는 곳은 그중 PC 마우스패드 받침대를 파는 문구점이다. 왜냐하면 편리한 패드가 많이 진열되어 있기 때문이다. 날로 최신형이면서 물건의 질도 좋고 다행히 값도 싸다. 게다가 업무능률에 신선한 맛도 나고 해서 자주 교체하고 있다.

　목적은 어디까지나 내가 하는 일을 가능한 한 '효율적으로' 하고 싶은 마음에서다. 메모지 한 장, 볼펜 하나라도 업무에 효율적이고 능률적인 것이라면 발품을 팔아서라도 빨리 구입하는 습관이 저절로 생겼다.

미국 미시시피 강변 조그마한 도시에서 유년기를 보낸 마크 트웨인Mark. Twain 1835-1910은 개구쟁이 '톰 소여'의 모험을 멋지게 그린 유명한 동화작가이다. 그 작품은 다분히 미국적이고 자유로운 영혼에 대한 찬가이어서 더욱 그를 좋아한다.

마크 트웨인은 평생 많은 명언을 남겼는데 그중 어느 날 '긴 연설문과 짧은 연설문'에 대한 질문에 대하여 답한 적이 있다. 그 대답에서 '연설문은 핵심을 간결하게 전달하는 것이 매우 중요하다'라고. 이유는 짧고 간단할수록 강력한 연설문이 되기 때문이라는 것이다.

새삼스레 비슷한 시기의 '아이젠하워와 맥아더'를 생각해보는 것도 의미 있는 일일 것이다. 우리는 아예 아이젠하워를 대통령으로, 맥아더는 장군으로 부르는데 두 사람을 비교해보면 흥미로운 점이 많다. 아이젠하워아이크는 육사에 입학할 때 두 번이나 낙방했다. 졸업할 때는 평균 이하의 성적이었다. 그에 반하여 맥아더는 단번에 육사에 입학하고 더욱 수석졸업까지 한 수재형이다. 또한 아이크는 민주적 리더십의 소유자임에 대하여 맥아더는 뛰어난 전략가로 유명하다.

그러나 그들 전체의 삶을 비교해보면, 맥아더는 전반기에는 성공적이었지만 대기만성인 아이크는 후반기에 성공한 인물이었다. 아이크의 성공 이유는 많은 공적을 이루어낸 것은 물론 다음과 같은 '기발한 아이디어'를 창안했기 때문이다.

미국 대통령을 8년간 재임한 아이크는 평상시 자기 집무실의 책상서랍을 네 개로 분류하여 효율적으로 사용했다는 사실이다.

먼저 나랏일을 할 때 '중요한 것과 부수적인 것'으로 구분했다. 그다음으로 그것을 '긴급한 것이냐, 중요한 것이냐'에 따라 우선순위를 정했다는 사실이다. 이를 근거로 '해야 할 일, 해서는 안 될 일 그리고 타인에게 맡겨도 되는 일'로 구분하여 효율적인 정리정돈을 한 것이다.

그 이후 전통적으로 미국대통령들이 백악관에 입성하면 관습으로 이 방식을 도입했다고 하니 훌륭한 발명품을 개발한 과학자나 뭐가 다름이 있겠는가? 소위 아이젠하워의 'THROW 법칙'이다.

상세하게 내용을 살펴보자. 서랍의 T박스에는 '필요 없거나 더 이상 진행할 의미가 없는 서류' Throw away를, H박스에는 '내가 하기보다는 나보다 더 적임자에게 넘겨줄 서류' Hand over를 넣었다고 한다. 그리고 R박스에는 '지금 당장 실행할 업무 문서' Right now를, O박스에는 '계획을 수립해 순차적으로 실행할 업무 문서'Order를 넣는 것이다.

결국 위의 4가지 법칙에 따라 문제를 풀어나간다면, 모든 업무를 '효율적으로' Worry a problem out 할 수 있다는 논리다. 간단히 말하면 '버릴 것, 보관용, 중요문서, 계륵'으로 나누어 처리한다는 말이다. 또한 이 원칙은 재능이나 적성을 아직 발견하지 못한 사람에게도 절대 필요하다는 방법이 된다.

누구든 지금 당장 사무실이나 집안의 구석구석에 있는 물건을 모두 끄집어내어 한번 실행해보면 어떨까. 나랏일, 직장일, 가정사, 사적인 일을 이 방식으로 실천해보면 한층 살맛나는 세상이 되지 않을까. 이것 또한 삶의 행복에 이르는 첩경이다.

시간은 돈이다

시간을 소중히 관리하는가

'커피 1잔은 4분, 학교에서 집까지 버스 요금은 2시간, 권총 1정은 3년, 스포츠카 1대는 59년!'

좀 생뚱맞은 말이다. 이 말은 우리 삶의 모든 비용을 '시간'으로 계산하면서 살아간다는 영화 스토리다. 2011년 개봉한 영화 '인 타임' In Time의 내용이다. 모든 인간은 25세가 되면 노화를 멈추고, 팔뚝에 새겨진 카운트 바디 시계에 1년의 유예시간을 제공받는다.

이 시간으로 사람들은 음식을 사고, 버스를 타고, 집세를 내는 등 삶에 필요한 모든 것을 시간으로 계산한다. 살고 싶다면 시간을 훔치는 것이어서 영화 장면마다 스릴 만점이다. '시간이 얼마나 소중한가!'를 시사해준다.

중학 시절 누구의 추천인지는 기억나지 않지만 재미나는 '영어참고서' 한 권이 수중에 있었다. 나는 그것을 밤낮으로 마치 탐정소설인 양 호기심 있게 열심히 읽었다. 그 덕인지 여러 과목성적 중 영어가 제일 나았다. 그 이유는 흥미로운 책 내용 때문이 아닌가 생각한다.

책 커버 안쪽에는 '몸이 건강하지 않으면 영어공부도 허사!'라고 강조하면서 '공부하는 학생으로서 지켜야 할 40가지'가 필자의 기억에 남아 있다.

첫째 일찍 일어나라, 둘째 아침에 일어나서는 화장실에 가라, 셋째 아침마다 정성껏 냉수마찰을 하라, 넷째 밤 10시에는 잠자리에 들라 등 모두 건강관리에 관한 수칙들이었다.
당시 중학생들에게는 매우 인상적이고 흥미로운 책이어서 최고의 베스트셀러가 되었다.

더욱 특이한 점은, 1일 1과 100일에 걸쳐 영어공부를 할 수 있게 되어 있는데 매 과 제목 밑에는 작은 활자로 '격언과 명언'이 하나씩 붙어 있다. 그것도 '영어'로 되어 있었다. 그러니까 100일이면 100개의 교훈이나 명언을 영어로 외울 수 있다는 말이다.

그중 제3과에 'Time is money'시간은 돈이다라는 명언은 필자의 마음을 크게 울렸던 것 같다. 이 교훈은 아직도 나의 삶에 큰 지침으로 정하고 있다.

발명의 영웅 토머스 에디슨은, 170년 전에 태어나 84살에 영면했다. 특허가 자그마치 1,000종이 넘으니 놀랍다. 12살 때 전기를 공부하기 시작했지만 집안이 가난하여 철도 안에서 신문·과자를 팔았다. 그러면서 '시간'을 절약하기 위하여 화물차 칸에다 실험실을 옮겨놓고 실험에 열중하였다. 어느 날 기차 실험실에서 화재를 일으켜 차장에게 호되게 맞기도 했다. 그 결과 청각장애가 되어 이후 사람들과 교제는 거의 할 수 없게 돼 연구에만 몰두하게 된다.

그는 훗날 '시간'에 대해 역설한 적이 있다. 변명 중에서 가장 어리석고 못난 변명은 '시간이 없어서'라는 변명이라고. 70여 년 동안 그는 정말 많은 시간을 할애하여 연구에 연구를, 실패에 실패를 거듭, 인류를 위해 엄청난 신기원을 열어주었다.

　'1시간'의 소중함을 알고 싶다면 애인을 기다리고 있는 총각에게 한번 물어보라! 얼마나 소중한지 말이다. 시간은 그 누구도 기다려주지 않는다. 당신이 가진 지금 바로 이 순간이 가장 큰 보물일 것이다. 시간 낭비하는 습관을 버리고 조각난 쪼가리 시간이라도 잘 활용하는 지혜가 정말 필요하다.

　미국의 시인 롱펠로H. Longfellow 1807-1882는, 미래를 신뢰하지 말라, 죽은 과거는 묻어버려라, 그리고 살아 있는 현재에 행동하라고 호소했다.

　시간을 잘 관리하면서 산다는 말은, 우리 자신의 육체와 마음을 정성껏 관리하면서 사는 것과 뭐가 다를까? 지금 이 시간의 소중함을 음미하면서 살아가는 것도 우리의 삶에 큰 의미가 있는 것이다.

'약해지지 마'

꿈과 희망을 주는 할머니 시인

어머니가 돌아가시기 전의 일이다.

오래간만에 요양원에 계시는 어머니께 문안드리러 대구로 갔다. 그동안 바쁘다는 핑계로 문안드리지 못한 죄송스러운 마음을 담아 아내와 함께 다녀왔다.

공교롭게도 어머니가 계시는 요양원은 옛날 내가 다닌 초등학교와 가까웠다. 어릴 때 뛰어놀던 달성공원이나 초등학교 운동장 모습은 옛날보다 작아 실망스러웠다. 주위가 너무 변해 어디가 어딘지 잘 몰라 마치 먼 데서 온 이방인 같이 안절부절했다.

노인 몇 분과 같이 있는 병동에 들어서니 어머니는 곤히

잠들어 계셨다. 잠에서 깨실까 조용히 곁에 다가가 앉았다. 약간 움직임이 있는 걸 보니 누군가 사람이 와 있는 인기척을 느끼신 것 같았다. 우리를 보고 알아차리자마자 어머니의 눈 주위가 금방 빨갛게 물들어버렸다. 나도 저절로 눈물이 나왔지만 애써 감추었다.

그해 94세, 아들 다섯 딸 하나를 두신 어머니이다. 다른 침대에 누워계신 할머니들은 모두 나의 어머니와 달랐다. 목숨만 부지하고 있을 뿐 사람을 봐도 말도 못 하고 눈만 멍하니 떠 계시는 그야말로 치매가 있는 환자들이었다. 얼핏 보기에 어머니보다 연세가 많아 보이지만 실제로는 어머니보다 아래라 한다.

다행히 어머니는 정신이 아주 맑았다. 손자 증손자가 어디서 무엇을 하고 있는지 당신께서 은행에 저금한 액수가 얼마 있는데 이자 받는 날짜가 언제인지 정확하게 이야기하신다. 그뿐만 아니다. 부모가 자식에게 가르쳐야 하는 도덕과 윤리강령까지 술술 말씀하실 정도다. 그러면서도 몸상태가 아무래도 어제오늘이 다르다고 한탄하면서 내심 좀더 오래 살고 싶다는 여운까지 남기신다.

이런 어머니 모습에서 일본의 어느 시인 할머니 이야기가 문득 떠올랐다. 도쿄 북쪽 우츠노미야시市에 살고 있는 시바다 토요柴田卜ョ 1911-2013라는 할머니가 일본에서 화젯거리였다. 이 할머니는 100만 부나 팔린 베스트셀러의 주인공이다. 유복한 미곡상의 외동딸로 태어난 그는 어릴 때 가세가 기울어 여관 종업원부터 시작해 음식점 종업원 등 온갖 고생을 다 하다 33세에 결혼했다. 음식점 주방장과 결혼해 아들 하나를 낳았다.

20여 년 전 남편과 사별한 뒤 홀로 외롭게 살고 있었던 할머니다. 어느 날 아들의 권유로 92세에 시詩를 쓰기 시작하는데 얼마 후 평상시 자기가 조금씩 모아 둔 100만 엔으로 시집을 출판하게 된다.

그 시집 이름이 바로 '약해지지 마'くじけないで이다. 할머니는 이 시집 덕택에 하루아침에 일약 유명시인이 되어 일본열도의 모든 여성, 특히 40대 이상의 여성들의 심금을 울렸다.

있잖아 불행하다고 한숨짓지 마
햇살과 산들바람은 한쪽 편만 들지 않아
꿈은 평등하게 꿀 수 있는 거야

나도 괴로운 일도 많았지만 살아 있어 좋았어

너도 약해지지 마 (´약해지지 마´에서)

"나 말이야, 죽고 싶다고 생각한 적이 몇 번이나 있었지

그렇지만 시를 쓰면서 사람들에게 격려받으며

이제는 더 이상 우는소리는 하지 않아

아흔여덟 살에도 사랑은 한다고

꿈도 꾼다고

구름이라도 오르고 싶다고 (´비밀´에서)

이 시집이 출판되자마자 독자로부터 날아온 편지를 보면, "더 이상 살고 싶은 생각이 없었어요. 그러나 이제 자살하려고 했던 생각이 사라졌어요."

"아니, 100세 할머니가 시를 쓰고 계시는데 72세 된 친정어머니는 뭔들 못하시겠어요. 엄마 힘내세요! 뭐든지 할 수 있어요!"라고 친정어머니에게 강한 생의 의욕과 용기를 북돋아 주었다고 한다.

젊은이들은 이 시인 할머니의 인생 스토리를 듣고 "나의 노후인생의 지침으로 삼겠어요"라고 말하기도 했다. 살아 있는 동안 시화전도 열고 12편의 시를 모아 캘린더도 제작

하여 상품화도 계획하고 있었던 것을 보면, 할머니의 의욕과 용기에 감동 받지 않을 수 없다.

이와 같이 101세 할머니 시인의 좌절하지 않았던 의욕과 용기, 아흔여덟 살에도 사랑하는 꿈을 꾼다는 시詩 속의 희망, 그리고 요양원에 계시는 나의 94세 어머니의 삶에 대한 간절한 소원을 들었다.

지금 건강하게 생활하고 있는 모든 사람, 또 건강하지 못한 모든 이에게 용기와 꿈과 희망을 전하고 싶다.

오늘도 버겁게 살아간다.

잠시 멈춰 진한 초콜릿 한 잔을 탐하며.

달콤한 인생의 진한 맛味을 느껴보면 어떤는지.

건 강

건강이야말로 행복의 원천이 아닐까

카사노바의 초콜릿

초콜릿은 사랑의 음료

커피에서 풍기는 구수한 냄새가 좋아 인테리어가 멋진 카페에 가끔 들르곤 한다. 그곳을 들여다보면 젊은이들이 옹기종기 모여 그들이 하고 싶은 이야기를 서로 정답게 주고받는다. 나이 든 기성세대는 아예 보이지 않지만 미시족 같이 보이는 여성들이 군데군데 수다 떠는 것도 보인다.

지금의 카페는 옛날과 격세지감이 있다. 문득 대학 시절 친구들과 자주 젊음을 이야기하던 학교 앞 암스테르담 커피숍이 생각난다. 어느 중년부부가 하는 조그마하고 낭만적인 곳이다. 말 그대로 네덜란드의 수도 암스테르담을 옮겨놓은 듯 구라파풍의 인테리어로 잘 꾸며져 있어 외국어를 전공하는 학생들에게 잘 어울리는 곳이다. 제법 서구적인 정취를 느낄 수 있는데 나도 한때 이곳에서 아내를 처음 만나 연정戀情을 느낀 곳이라 생각하면 아직도 가슴이 두근거린다.

그 당시는 대학가를 벗어나 커피를 마실 수 있는 곳은 대부분 '다방'이었다. DJ가 LP판을 틀어주면서 재치 있게 진행하는 음악다방이 있는가 하면, 나이 든 사람이 좋아하는 담배연기 자욱한 일반다방도 있었다. 그때도 커피의 향기는 지금도 마찬가지이지만, 대부분 건강차를 시켜 마셨던 것 같다. 땅콩가루가 들어간 고소한 두향차, 날계란 노른자를 살짝 넣어 마시는 쌍화차, 위스키가 약간 들어간 티Tea 홍차, 하물며 계란을 반 정도 삶은 반숙 등 대부분 간식용이었다.

을지로 어느 다방에는 한복을 다소곳이 차려입고 손님을 맞이하는 얼굴마담도 있어 한때 다방문화의 극치를 이루었던 적도 있었다. 지금은 상상도 못할 일이지만 한때의 추억거리로 생각하면 흐뭇하여 그리워진다.

내가 다녔던 대학 안에는 조그마한 전망대식 동산이 있

었는데 데이트를 한답시고 알코올 도수가 약한 포도주를 사서 가끔 오르곤 했다.

요즘음 젊은이들은 추운 날씨에도 불구하고 냉기 도는 아이스커피를 즐겨 마신다. 또한 생크림을 듬뿍 올린 와플, 잼을 발라 먹는 둥글게 생긴 베이글 빵 등 기성세대와 전혀 다르다. 게다가 그것과 곁들여 먹는 '초콜릿' 음료는 젊은이에게 빼놓을 수 없는 기호품이다. 이 초콜릿 음료 한잔을 마시면 온 입 안이 황홀한 맛과 설탕 범벅 같은 맛이 뒤섞여 그들의 젊음을 강하게 대변하는 듯하다.

옛날 멕시코의 몬테스마 2세Moctezuma Ⅱ 1466-1520는, 황금으로 된 컵에 이것을 하루 50잔씩이나 따라 마셨다 한다. 그리고 자기의 밀실 하렘Harem에 들어갈 때는 큰 잔에 가득 담아 마시고 들어갔다.

초콜릿은 테오브로마 · 카카오라는 나무에서 만들어진다. 족히 20m나 자란다는 이 나무는, 나중에 딱딱한 껍질로 둘러싸인 폿도Pod라는 신기한 열매가 달린다. 그 속에는 아몬드형의 카카오 콩 60여 개가 소복이 들어 있는데, 이 콩을 발효 건조시켜 초콜릿 제품의 기본 원료인 카카오닙스

Cacaonibs를 만들어낸다.

　뉴욕 주립정신의학연구소에 의하면, 사랑을 하고 있는 인간의 뇌에는 페닐 에틸아민Phenyl Ethylamine이라는 물질이 상당히 들어 있는데 중추신경을 자극하는 암페타민을 복용했을 때와 같이 기분을 고양시키는 효과가 있다고 한다. 공교롭게도 이 초콜릿에 페닐 에틸아민이 많이 함유되어 있다. 실연失戀에 빠진 사람들은 자연스레 초콜릿 애호가가 된다는 것이다. 그것은 자신을 사랑에 빠지는 상태로 다시 돌아가 기분을 고양시키는 이른바 자기치료법인 셈이다.

　사랑이라고 하면 역사적으로 빼놓을 수 없는, 카사노바Casanoba와 마담 뒤바리Madame Du barry가 있다. 그들이 초콜릿을 매우 좋아했다고 하는 것도 그저 우연이라고 할 수 없다. 에너지의 원천이 되는 음료로 생각하여 일찍이 초콜릿의 영양가를 잘 알고 있었던 것 같다.

　'신의 음식'일 뿐만 아니라 '사랑의 음식'이라고 하는 초콜릿은, 스페인 사람 코르테스Cortes 1485-1547가 처음으로 멕시코에서 제조법을 배워 왔다고 한다. 그 당시 스위스에서는 이것을 군사기밀같이 소중히 다루었다. 전쟁터의 나폴레옹, 우주의 비행사, 에베레스트를 정복하는 등산가도 이

것을 필수품으로 소지하여 다니는 것을 보면 즉석 활력음료임에 틀림없다.

희로애락의 속세에서 우리는 오늘도 하루하루 버겁게 살아가고 있다. 잠시 구수한 향기가 나는 카페에서 진한 초콜릿 한잔을 한번 탐하면 어떨는지. '초콜릿'에서 맛보는 당의정糖衣錠보다 거기에서 우러나는 진정하고 달콤한 인생의 진한 맛眞味을 한번 느껴보면 어떨까?

바나나 사용설명서

해독주스를 마시자!

꽤 오래전의 이야기다. 동경의 분쿄구文京區 어느 주택가에서 생활한 적이 있다. 해외라곤 난생 처음이라 낯설기도 했지만 모든 것이 호기심 천국이었다. 실은 내가 가고 싶어 했던 나라는 일본이 아니고 미국이었다.

그건 중학교 2학년 때 영어선생님의 영향이었던 것 같다. 영어선생님은 교실에 들어올 때면 꼭 미국인을 대동하여 들어오신다. 특히 교과서 한 과가 끝날 때는 미국 선생님과 일대일로 질의응답을 벌인다. 서로 의사소통이 된다 싶으면 웃기도 하고 고개를 끄덕이는 모습은 학생들에게 꽤나 신기하게 보였고 굉장히 실력 있는 영어선생님으로 보였다. 꼬마 중학생이 미국을 동경하게 된 큰 이유다.

나리타공항에 마중 나온 기금國際交流基金의 차를 타고 숙소로 향했다. 부근 주택가에 들어서니 주변은 그야말로 깨끗하기 그지없다. 마치 서울 근교 신도시의 고급 주택단지 같은 느낌마저 든다. 게다가 검은색 아스팔트 위에 쓰인 하얀 도로 표지 글씨는 너무 선명하게 보인다. 단정히 교복을 입은 채 자전거를 타고 가는 여학생 모습 또한 나에겐 인상적이었다.

그런데 숙소에 도착한 날부터 나의 고민은 다름 아닌 끼니문제였다. 다시 말하면 음식점에서 사 먹어야 할지 밥을 해서 먹어야 할지 둘 중 하나다. 주택가에서 조금 걸어 나오면 도로변에 쌀, 우동, 잡화 등을 파는 가게들로 즐비하다.

연구비를 받아 생활하지만 고물가高物價라 절약할 수밖에 없으니, 장이라도 볼라치면 먹을거리 중에 그래도 값싸고 영양 많은 식품을 찾지 않으면 안 된다. 바로 '바나나'다. 그때도 요즈음과 마찬가지로 다른 식품보다 값이 쌌고 영양가가 많아서 안성맞춤이었다. 게다가 그대로 벗겨 먹을 수 있는 과일이라 매일 즐겨 먹었던 것 같다.

호주에서 두 번째로 큰 주州인 퀸즐랜드Queensland는 '바나나 랜드'라고 할 정도로 바나나가 많이 재배된다. 그래서 많은 우리 대학생들이 워킹비자를 이용하여 바나나 농원에서 일하면서 영어도 배우고 호주여행을 가는 것 같다.

19세기 미국 뉴올리언스에서 태어난 작곡가인 루이스 고트샬L. Gottschalk 1829-1869은 흑인의 노래 '바나나 나무'라는 협주곡을 발표하여 바나나를 매우 찬양한 적이 있다. 이 나무는 바르게는 '나무'가 아니라 '풀'로 분류되는데 크게는 10m까지 자라는 특징이 있다. 요즘 우리나라 사람들도 자주 먹고 있지만 유럽인들은 연평균 10kg를 먹고, 아랍인들은 41kg나 먹어치운다고 하니 화제의 과일이기도 하다.

바나나는, 기원전 327년 알렉산더 대왕이 인더스강 지역을 걸어가다 우연히 재배되는 것을 발견했다. 고대 인도 철학자들이 이 바나나나무 그늘 아래에서 그들의 철학을 열렬히 논의한 것을 보면, 어쩌면 먼 옛날부터 인간과 친숙한 관계에 있는 식물임에는 틀림없다.

지난 어버이날, 대구로 가는 길이다. 낯익은 사람이 가족과 함께 먼 길을 가기 위해 기차를 기다리고 있었다. 작년 자연치유에 대하여 몇 번 상담을 받은 적이 있기 때문에 아내와 더불어 구면인 셈이다. 그는 미국에서 자연치유를 전공하고 서울에서 개업한 중년의사로 한창 공중파를 타고 있는 진지하고 겸손한 의사다. 이 의사와 상담을 하면 보통 1시간 정도로 하는데 독특한 상담방법을 도입한 그는 요즈음 꽤나 평판이 좋다.

사람의 몸이란, 면역을 기르게 되면 쉽게 질병에 걸리지 않는다는 것이 그의 지론이다. 현대인의 병폐는 독성물질의 체내저장이 원인이라는 것이다.

가장 기본적인 대증요법으로 '바나나와의 조화'를 적극 권장한다. 바나나와 브로콜리, 양배추, 당근, 토마토, 사과의 혼합이라면, 그야말로 최고의 궁합으로 보고 있다. 이 중 브로콜리, 양배추, 당근, 토마토는 반드시 삶은 후 믹서에 갈아 식후에 두세 번 먹는 것을 기본 음용원칙이라고 적극 권유한다.

이것을 일주일 정도 먹게 되면 사람에 따라서는 약간 가려운 느낌이 있는가 하면, 약간의 반점이 생기는 경우도 있다고 한다. 일종의 호전반응으로 체내에서 해독되는 과정으로 본다. 위염, 고혈압, 당뇨, 다이어트, 피부 관리 등에 탁월한 효능을 보이는 것을 보면 신기하기까지 하다.

길이 15cm, 열량 85kcal에 지나지 않는 바나나. 날것으로 즐겨 먹을 수 있는 가장 오래되고 신비로운 과일이다. 이것은 또한 품귀현상이 없어서 우리 인간들이 언제 어디서나 먹을 수 있는 음식으로 생각하면 행복하지 않을 수 없다.

현대인에게 무서운 것은, 뭐니 뭐니 해도 스트레스다. 스트레스가 쌓여 있다고 한다면 그것은 독을 쌓고 있다는 말과 마찬가지다. 만약 그것을 해독시켜 주지 않으면 어떻게 되겠는가. 바나나에서 발견한 이 놀라운 효능이 세상 모든 사람들에게 황금 같은 선물이 된다면 이 얼마나 큰 축복인가.

우울 탈출 '야구장'

인간의 5가지 심리단계

저 멀리서 하얀 깃발이 내렸다. 대여섯 마리의 말이 먼지를 내면서 동선을 그리듯 쏜살같이 달려온다. 거리를 말하면 수 킬로 될 듯하다. 전망 스탠드 위에서는 수많은 사람들이 환호성을 지르고 있다. 스탠드 바닥에는 로또복권 모양의 하얀 종이가 여기저기 어지러이 흩어져 있다.

이 모습은 나의 어릴 때 살던 고향 부근 한 장면이다. 지금에서야 알고 보니 그곳은 나의 집 근방에 있는 경마장이었다. 일제강점기에 지어진 것인데 가운데는 논밭이거나 저수지 또는 농사를 짓지 않는 빈 땅들로 채워졌다. 동네 아이들한테는 그야말로 마음껏 뛰어놀 수 있는 최고의 장소인 셈이다.

나의 어릴 때 '놀이'라고 하면 주로 동네끼리 야구공을 걸고 하는 야구시합이었다. 그때부터 대구는 야구 도시답게 야구가 붐을 이뤘던 것 같다. 거기에 나도 캐처catcher 포지션으로 한몫하여 전체 아이들을 리드하기도 했다. 피처 pitcher가 힘껏 던지는 센 공을 타자 바로 아래에서 받으려니 보통 위험한 포지션이 아니었다. 가끔 잘못 잡아 직방으로 중요부분에 맞아 혼쭐이 난 적도 있었다.

그 당시 1루를 맡고 있던 친구의 기억이 아직도 생생히 난다. 야구 명문고등학교의 4번 타자가 되어 훗날 프로에서도 유명스타로 활약한 적도 있다.

몇 주 전 가족과 함께 오랜만에 야구장을 찾았다. 최근 가까이에 야구장이 오픈돼 프로경기를 볼 수 있어 야구팬들에게 희소식이 아닐 수 없었다. 커플석도 있고 바비큐를 구워 먹으면서 구경할 수 있는 좌석도 있어 꽤 격조 있는 명품구장이다.

무엇보다 세상살이에 찌든 구경꾼 팬들의 환한 얼굴을 보면 괜히 마음이 홀가분해지고 살맛이 났다. 빽빽이 차 있는 관중석을 보고 있노라면 금방 홈런의 함성소리가 떠나갈 듯했다. 무엇보다 직접 선수로 뛰는 것은 아니지만 선수의 마음으로 이래저래 게임을 구상해 봄은 정신건강에 특히 우울에서 탈출하는 데에 큰 도움이 된다.

미 시사주간지 타임Time이 선정한 20세기 100대 사상가 중 한 명인, 스위스의 정신과 의사 엘리자베스 로스E. Ross 1926-2004가 있다. 그녀는 인간의 '죽음'에 대한 연구에 자기의 일생을 다 바쳤다고 해도 과언이 아니다. 죽음에 임박한 말기환자 500명을 대상으로 조사한 심리적 변화를 흥미롭게 제시한 연구다.

그것은 상실 후 겪게 되는 '부정, 분노, 타협, 우울, 수용'이라는 다브다Dabda모델의 심리단계이다.

어느 날 건강하던 사람이 갑자기 암 진단 판정을 받고 얼마 살지 못할 것이란 결과를 들었을 때 나타나는 현상이다. 처음에는 그 진단이 잘못돼 아니라고 크게 부정deny한다. 다음에는 왜 하필 나에게 이런 병이 생겼는지에 대하여 분노anger하고, 다음에는 신에게 구원하면서 타협bargain하려한다. 나아가서는 무기력해져 우울depress에 빠지게 되면서 결국은 죽음이라는 사실을 인정하지 않을 수 없는accept 심리단계에 이른다고 말한다.

몇 년 전 세월호 참사 이후 학교현장에는 애도와 침체분위기가 장기화된 적이 있다. 집단 우울상태를 예방하는 어느 모임에서 전문가들이 여러 방안을 제안했다. 한 정신건강 전문의는 사고로 충격을 받은 학생들을 위해 우리가 할 일은 '나 혼자가 아니다'라는 사실을 전달하는 것이라며 이제는 상황을 받아들이고 일상으로 돌아가는 일을 해야 할 때라고 강조했다. 인간은 누구나 넘어졌다 일어설 수 있는 '회복 탄력성'을 지니고 있다. 그럼으로 그 사건을 계기로 정신적 스트레스를 이겨낼 수 있는 힘이 길러진다.

조금이나마 우울에서 벗어나는 방법은 '외출 운동', 즉 탁 트인 넓은 운동장을 바라보면서 차분하게 관전하는 '야구경기'도 한 가지 방법이 될 것이다.

우아하게 늙는 법

병 안 들고 장수하는 삶

고등학교 다닐 때 이야기다. 일요일이라 길어진 까까머리를 깎기 위해 집 근처에 있는 초등학교 이발관에 간 적이 있다. 그곳에 간 이유는 이발비도 싸지만 어린아이를 비롯하여 누구든 이용할 수 있는 편안한 곳이기 때문이다. 안으로 들어서면 기다리는 손님들의 편의를 위해 한쪽 선반 구석에 오래되고 낡아빠진 구식라디오 하나가 비치돼 있었다. 거기에서 들었던 라디오프로 사회자의 목소리는 지금 생각해보면 분명히 '송해' 아저씨였다.

나는 요즘도 일요일 낮 12시 10분이면 대중프로 '전국노래자랑'을 재미있게 본다. 사회자는 옛날 그때 그대로 송해 아저씨다. 무려 50여 년이란 긴 세월 동안 방송 일을 하고 있는 그가 언젠가 이렇게 선언한 바 있다. "나는 무대에서 서기 힘들 때까지 사회를 진행하겠다"고 했다. 그런데 그의 장수비결은 소박하게도 다름 아닌 정기적인 단골 목욕탕 다니기, 마늘장아찌 먹기, 그리고 BMW라고 한다. BMW 는 버스Bus나 지하철Metro을 이용하고 걸어 다니는 것Walking 을 생활화한다는 의미다.

최근 '현역'으로 활동하고 있는 인물 중에서 우아하게 연로해가는 몇 사람을 대표로 꼽는다면, 92세로 나팔꽃 인생의 MC 송해, 낭만논객인 91세 김동길 사학자 그리고 아직도 구수하게 말하는 97세의 김형석 교수일 것이다.

잠깐 화제를 외국으로 돌려보자. 300여 개의 특허를 갖고 있는 미국 자동차 산업의 대부 찰스 케터링C. Kettering 1876-1958은, 80세가 지난 어느 생일날, 아들로부터 조용히 질문을 받는다. "아버지, 이제 연구는 그만하시고 좀 쉬시지요?" 그러자 그는 다음과 같이 대답한다. "오늘만 생각하는 사람은 흉하게 늙는 거야! 나는 항상 미래를 바라본다고……" 라고.

항상 미래를 바라보는 꿈이 있다는 것은 곱게 늙을 수 있다는 말이다. 10여 년 전 시사주간지 '타임'은 현역 인물로 '우아하게 늙어가는' 미국인 10명을 엄선한 흥미로운 기사를 실은 적이 있다. 그중 지금은 8명만 생존하고 있는데 몇 명의 면모를 잠깐 보자.

남성으로는 투자의 귀재며 '오마하Omaha의 현인'이라 불리는 올해 87세의 워런 버핏을 들 수 있다. 그는 어릴 때 고향 오마하 도서관의 책을 모조리 읽었다는 일화도 있다. 또 일본 소프트뱅크 손정의 회장과 자주 리더십을 주제로 대담하는 80세의 콜린 파월 전 미 국무장관, 폴 뉴먼과 같이 명콤비를 이룬 영화 '내일을 향해 쏴라'의 로버트 레드포드는 아직도 건강한 81세다. 여성으로는 미국 최초의 연방대법원 판사였던 금발의 여성 샌드라 오코너. 그녀는 올해 83세다.

이 인물들의 공통점은 모두 영원한 현역이라는 점이다. 늙음을 감추기보다는 자연스럽게 드러내고 있는 점은 진정 본받을 만하다.

대체의학의 권위자 앤드루 웨일Andrew Weil 1942-은 '우아하게 늙는 노하우'를 제시했는데 우리가 알고 있는 건강방법과 큰 변화가 없다. 단지 최고의 건강방법은 '늙음을 탄식하지 말자'는 것이다. 또 '노화는 피할 수 없는 과정'이라고 생각해야 하고 그 대신 '지혜, 사랑, 용서, 부드러움, 여유, 아량' 등 노년이 주는 장점을 잘 살리는 것이 중요하다는 것이다.

　인간의 궁극적 희망은 건강한 장수일 것이다. 그러나 이러한 장수는 수용을 하되, 곱고 우아하게 늙어간다는 것이야말로 무엇보다 행복한 일일 것이다.

라면 한 그릇과 신 김치

숯가마에서 나오는 대자연의 물질을!

성탄 캐럴이 은은히 들리는 어느 초겨울 날이다. 강의가 없는 날이라 일찌감치 집을 나섰다. 식탁 위 소쿠리에 어제 삶아놓은 고구마 중 큰 것 하나 골라 륙색Ruck sack에 넣었다.

며칠 전부터 오른쪽 팔이 잘 올라가지 않아 동네 한의원에서 침을 맞았다. 잘못 맞았는지 더욱 올릴 수 없다. 오십견인 듯. 그래서 예전에 자주 몸을 추슬렀던 숯가마 찜질방에 가기로 했다. 걷기를 좋아하니 그곳까지 한번 걸어가는 것도 건강에 좋을 것 같아 시도해본 것이다.

집에서 상당히 떨어져 있어 일단 버스를 타고 국도로 나간 다음 시골 동네 입구에서부터 걸어가기로 했다. 갈증에 대비하여 마트에서 싱싱한 방울토마토 한 바구니도 사서 륙색에 넣었다.

그런데 웬걸 막상 걸어보니 시골도로가 생각보다 상당히 위험천만이다. 인도라고 해봐야 겨우 도로의 좌우 10센티미터밖에 되지 않기 때문이다. 도대체 누가 이런 답답한 짓을 한 건가. 도로변에는 논이며 배밭, 감나무밭이 즐비한 천혜의 아늑한 시골인데 말이다.

농사를 짓고 있는 이곳 농부들은 어떻게 일터로 다니려는 건지 난감하다. 게다가 도로는 레미콘 트럭들이 분잡하게 왕래한다. 그것이야 잘못된 일이 아니지만 트럭끼리 경쟁하듯 질주하는 것은 분명 큰 문제다. 그러니까 보행자로서는 마치 올빼미처럼 앞뒤를 두리번거리면서 걸어야만 한다.

모처럼 찜질방으로 가는 길이 이렇게 모험의 길이 될 줄 몰랐다. 집에서 출발하여 1시간 반이 좀 지나 도착하였으나 반갑지 않은 듯 입구에서는 개가 짖어댄다. 첫 예감부터 그리 좋은 징조가 아니다. 숯가마장에는 사람이라곤 찾아볼 수 없고 그저 을씨년스럽기만 하다. 주인이 바뀌었는지 카운터에는 할아버지가 맥없이 지키고 있다. 요즈음 영업이 잘 되지 않아 불을 지핀 숯가마는 저기 초고온超高溫 한 군데뿐이라 한다. 손님께서 숯가마의 열기가 마음에 드시면 이용하시라고 솔직한 말을 한다.

정오가 되니 배꼽시계가 정확하게 들어맞는다. 구내의 식사메뉴라고는 라면밖에 없다. 3천 원짜리 라면에 반찬은 김치뿐이고 김치 맛 또한 가관이다. 너무 오래됐는지 어찌 됐는지 거의 '식초'와 다를 바 없다. 하기야 요즈음 건강 방송프로에 자주 등장하는 식초의 효능을 생각하면 건강을 위하여 먹어보는 것도 괜찮을 듯하다. 마침 집에서 가져온 큰 고구마 하나와 아까 마트에서 구입한 방울토마토와 같이 먹으니 기가 막히게 궁합이 잘 맞는다.

게다가 오늘 점심에 먹은 라면 한 그릇과 신 김치는, 염분 덩어리에 식초를 먹은 것과 다름이 없으니 최고의 균형 잡힌 건강식단이 된 것이다.

'찜질방'이란 자고로 땀을 많이 배출하는 노폐물 처리장 같은 곳이다. 냉큼 초고온 숯가마에 10분간 들어갔다 나오면 온몸의 땀은 비 오듯 한다. 그리고 시원한 산속 바깥공기를 쐬고 있으면 그야말로 날치처럼 하늘을 날 것 같다.

정신은 최고조로 맑아 있고 뇌에서는 섬광이 번쩍이는 것 같다.

중요한 사실은, 머릿속 올바른 생각들이 마법처럼 샘솟는다는 사실이다. 소설을 쓴다면 장편 한 편쯤은 쓸 수 있을 것 같고, 작곡을 한다면 모차르트의 상상력을 초월할 듯하다. 그것뿐인가. 그림을 그린다면 빈센트 반 고흐와 대적할 만한 걸작도 나올 법하다.

숯가마 화기에서 뿜어 나오는 대자연의 물질이 인체와 접촉할 때 발생하는 신기한 생체의 메커니즘은 그저 놀라울 뿐이다. 그것만으로도 삶의 가치를 충분히 느끼는 숯가마 나들이다.

오래 사는 비결

기부하는가. 그리고 즐겁게 놀라!

최근 나는 모친상을 겪었다. 문상객 중 연배 있는 먼 친척 어르신이 하신 말씀이 아직도 귓가에 맴돈다. "자네들 5형제들이 뭘 잘못했네! …… 세 살만 더 채워드렸으면 100수 했을 텐데……." 저희 상주들에게 하신 덕담이다.

세상은 이제 '100수 시대'가 시작되는 듯하다. 일본의 장수촌인 오키나와 북부 어느 바닷가에 가보면, 돌비석에 다음과 같은 글귀가 새겨져 있다. '당신이 70세라면 어린이에 불과하다. 또 80세라면 젊은이이고, 당신이 90세가 됐을 때 만약 조상들이 당신을 천국으로 오라고 손짓한다면 잠시 기다리라고 해라! 그 말은 100세가 되었을 때나 한번 생각해볼 만한 일이다', 장수촌다운 경구라 놀라울 따름이다.

기네스북이 인정한 '세계 최장수자'는 오카와 마사오로 2015년 4월 1일 타계한 117세 일본인 할머니다. 그의 장수 비결은 그저 스시를 먹고 하루 8시간 잠자는 것이다. 그런 데 생전의 모습을 보면 그야말로 흉하기 짝이 없어 마음이 씁쓸하다.

우리나라의 100세 이상 인구는, 2014년 8월 말 현재 남자 3천437명, 여자 1만 1천225명 도합 1만 4천662명이다. 이웃나라 일본은 남자 7천586명, 여자 5만 1천234명 도합 5만 8천820명이나 된다. 인구가 많은 미국 역시 더욱 많다고 한다.

이같이 사람의 '장수'는 인류의 희망이자 욕심이기도 하지만 과거에는 상상하지 못했던 일대 변화다. 이제 100세까지는 아니라도 90세까지는 국민들 두 명 중 한 명이 될 것이다.

유엔이 발표한 기준에 의하면, 65세 이상자가 그 나라 인구의 7~14%를 차지하면 '고령사회'라 한다. 그리고 15~20%를 차지하는 사회를 '고령화사회', 20% 이상을 점

할 경우는 '초고령화사회'라고 부른다. 통계청이 발표한 한국인의 평균수명은 2014년에 82세다. 최근 20년간 평균수명 증가율은 OECD국가 중 1위로 경이롭다. 바야흐로 2026년이 되면 '초고령화사회'에 진입될 것으로 예상되어 정책적인 대비가 필요하다. 평균수명 80세에 맞춰진 교육, 정년, 복지 등 국가정책의 큰 틀을 100세 시대에 맞게 바꾸어야 할 것이다.

장수의 개념도 점점 달라지고 있다. 공기 맑고 물 좋은 농촌지역에서 장수자가 더 많을 것이라는 통념이 깨지고 있으니 말이다. 전라북도를 예로 들면, 2015년 4월 현재, 100세 이상의 장수자가 가장 많은 곳은 예상외로 대도시 전주 603명라 한다. 다음으로 군산 82명, 정읍 74명, 부안 34명, 남원 22명, 순창 14명, 장수 11명 순이다. '장수'라는 지역명이 말 그대로 장수인이 가장 많이 산다는 재미나는 정설은 이제 옛날이야기가 된 것 같다. 그 이유는 도시 생활일수록 의료의 혜택도 많고 균형 잡힌 영양을 많이 섭취하기 때문이다.

획기적인 장수비결을 제시한 '오키나와 프로그램'이 있다. 일찍이 하버드 대학 노인병 전문의와 의학 인류학자, 오키나와 국제대학 노인학부 교수 등 3인이 25년간 과학적인 연구를 분석한 실증적 내용이다. 즉 정백하지 않은 곡류를 먹고, 채식 위주의 식사습관을 하지만 돼지수육을 소량 먹고 '걷기' 같은 유산소운동을 하고, 삶에 대한 긍정적인 자세를 취하는 습관 등이라 한다. 특히 '위 속을 80%만 채우라!'하라하치부. 腹八分며 소식小食을 강조하는 내용이 눈에 띈다.

강원도 평창에서 생태마을을 직접 운영하고 있는, 어느 젊은 신부黃昌영가 우스갯소리로 한 말이 가슴을 울린다. "은행에 집 잡히고 그 돈으로 놀러 다녀라! 85세에 똥오줌 가릴 줄 알면 건강한 편이다"라고 하는 말.

건강하고 즐겁고 행복하게 사는 것. 그것이 최고의 삶이 아닐까? 오래 살면 좋지만 만약 여유 있는 돈이 있으면 있는 돈은 기부하고 즐겁게 노는 것도 좋다.

어느 배우의 '웰빙'

행복은 웰빙 생활

왕년의 저음가수 남일해1938-가 있다. 그는 대구의 모 고등학교 재학 중 대구 중심지 대도극장에서 실시한 전국 노래자랑대회에서 1등을 했다. 금세기 가장 중저음의 가수로 미국에 루이 암스트롱이 있다면, 우리 가요사에는 바로 그가 있다. 또한 '맨발의 청춘' 등 60, 70년대 온갖 영화의 OST를 부른 가수이기도 하다.

그리고 그 영화의 주연배우이며 당시 젊은이의 아이돌이었던 신성일1937-이 있다. 영원한 로맨티스트인 그는 요즈음 백발의 모습으로 경북 영천에서 홀로 전원생활을 즐기고 있는 것 같다. 올해 80세를 넘긴 나이로 얼굴 모습은 그 나이답지 않게 무척 건강하게 보여 그야말로 왕년의 청춘스타 분위기가 아직도 물씬 풍긴다. 그것은 아마 '웰빙' 생활을 하면서 그의 여생을 잘 보내고 있기 때문이 아닐까?

어느 종편 TV에서 전문의사들이 그의 신체 건강점수를 93점을 주어 지금까지 출연자 중 1위로 등극시켜 놀라게 했다. 영천의 전원 한옥집에서 청바지를 입은 채 텃밭을 가꾸면서 소위 말하는 웰빙 생활을 하고 있다. 빗자루로 마당을 쓸면서 또 잡풀을 보이는 대로 뽑으면서 농부 같은 여유로운 모습도 보인다. 때론 캐주얼한 자가용을 타고 다니며 주변 산하의 공기를 마음껏 들이마시면서 나름대로 스트레스를 풀고 있다. 심심하면 읍내 장터로 나가 건강에 좋은 돼지수육을 사다 동네주민들로부터 얻은 김치에 싸 먹는 모습은 우리를 또한 편안하게 해준다.

그는 인생에서 가장 중요한 것은 뭐니 뭐니 해도 '건강'이라 강조하면서, 건강관리를 위해서는 무엇이든 기꺼이 하려 한다. 아니나 다를까 한국에서 가장 먼저 임플란트를 한 사람이 그다. 즐기는 해삼과 딱딱한 미식들을 씹어 먹기 위해서가 아니겠나. 게다가 그는 아름다운 피부를 유지하기 위해 5시간마다 꼭 자외선 방지용 선크림을 바른다고 한다. 안타깝게도 최근 폐암 판정을 받았다고 한다. 그렇지만 결코 이 병마에는 지지 않겠다고 하면서 오히려 팬들을 안심시키기도 했다.

순우리말로 참살이라 하는 웰빙well being은 언어적 의미로는 정신적, 육체적인 건강과 행복, 복지와 안녕을 뜻한다. 사회적 의미는 물질적 부가 아니라 삶의 질을 강조하는 생활방식을 말한다.

원래 웰빙은 미국의 중산층이 첨단문명에 대항해 자연주의, 뉴에이지New Age문화 등을 받아들이면서 그 대안으로 선택한 삶의 방식이다. 우리나라에서는 15년 전부터 건강에 대한 관심이 높아지고 건강과 관련한 소비가 급속히 증가하면서 이러한 본래 의도와는 달리, 명상이나 요가, 스파와 피트니스 클럽을 즐기면서 유기농이나 전통식을 고집하는 상류층 문화로 왜곡 변질된 것이다.

'웰빙혁명'의 저자 폴 필저Paul Pilzer 1954-는 2002년 이미 정보화사회 다음 단계로 웰빙혁명의 물결이 밀려올 것으로 전망했다. 즉 사회구조는 물론 개인의 생활양식마저 혁명적으로 변화시킬 것이라고.

웰빙족은 개인중심인가, 사회중심인가에 따라 크게 두 가지로 나눌 수 있다. 예컨대 가족을 중시하고 개인에 몰입하는 경향을 보이는 인스피리언스Insperience족, 즉 집안과 개인 생활공간을 자신만을 위한 것으로 꾸미는 데에 집중해 집안에 홈시어터, 헬스기구, 맥주제조 기구, 동일한 콘셉트의 인테리어, 와인 저장고 등을 설치해 집을 엔터테인먼트화 디자인화하는 것이다.

반면, 소시오 웰빙Socio well being족은, 개인적 안위 차원보다는 일회용품 줄이기, 재활용, 불우 고령층에 대한 관심 등 사회적 공유에 관심을 갖는다. 우리나라에선 웰빙폰, 웰빙행정 등과 같이 만능의 마케팅 접두어로도 많이 사용되고 있다.

인간의 궁극 목표는 행복한 생활이다. 건강이 없으면 행복도 없기에 미래의 웰빙생활이야말로 거역할 수 없는 삶의 방식이 된 것이다.

'숲속'의 탱고

숲, 공원, 산이 주는 선물

지난 서울올림픽을 기점으로 우리나라의 모든 사회경기는 큰 전환점을 맞이했다. 그중 수도 서울의 주택난으로 신도시에 대단지 아파트가 많이 들어섰다. 이름하여 평촌, 중동, 산본, 일산, 분당 등 다섯 개 단지다. 이런 수많은 아파트 분양에도 불구하고 그 당시 당첨률은 평균 100대 1로 그야말로 하늘의 별 따기였다.

이 신도시들은 잘 정비되어 있지만 특히 일산신도시는 다른 곳에 비해 특별한 점이 많다. 아파트 간의 간격이 넓고 마치 '공원' 안에 들어서 있는 것 같다. 지하철역에서 직선으로 나서면, 단지 내는 분수대뿐만 아니라 잔디조경이 아름답고 군데군데 아름다운 꽃과 나무숲이 행인들의 눈을 사로잡는다. 더욱이 매년 5월 화창한 봄날이 되면 단지 내 호수공원에는 세계꽃박람회가 열려 상춘객들의 마음을 더없이 행복하게 해준다.

앞으로 21세기는 삶의 질이 강조되는 글로벌 사회를 지향하고 있다. 그러나 도시민들의 진정한 여가생활은 여전히 어려운 상황 속에 놓여 있다. 친환경 속에서 건강과 심신의 여유를 가질 수 있는 영역이 매우 제한적이기 때문이다.

그리스의 의학자 히포크라테스Hippocrates B.C. 460-377는 '건강과 질병'에 대하여 다음과 같이 말하고 있다. 건강은 인체 내부에 있는 자연과 외부 자연과의 조화로 이루어지며, 질병은 그 반대 상태인 부조화로 생기는 것이라 했다.

자연과 함께 있으면 누구나 마음이 편안하고 행복해진다. 아마도 그것은 우리 인간이 수많은 세월을 자연 속에서 생활해온 것과 무관치 않다. 인간과 자연은, 가치관의 기초를 만들어내는 유전자 레벨에 따라 선천적으로 서로 동조하므로, 자연을 대하는 순간 인간 본연의 모습으로 돌아가고 이완된다는 사실이다.

그러나 현대인들은 정말 여유를 찾아보기 어렵다. 자연이 건강에 좋다는 사실은 잘 알고 있지만, 휴일 근처의 '공원'이나 '숲'을 한번 찾아보는 것도 쉽지 않다.

'숲'은, 인간의 오감五感을 자극하는 많은 요소를 갖고 있다. 인위적인 환경에 능숙해 있는 우리들은 잃어버렸던 오감을, 숲속의 싱그러운 냄새, 자연 그대로의 소리, 숲속의 선명한 햇빛, 자연의 부드러운 감촉 등을 통하여 회복할 수 있고 동시에 긍정적인 사고방식과 심리를 유도할 수 있는 것이다.

더욱이 새벽의 '숲'에서는 음이온이 최고조로 발산한다고 하니 한마디로 공짜로 얻게 되는 천연 의약품 제조공장과 다를 바 없다. 이처럼 숲이란 우리의 건강을 유지할 수 있도록 신이 내려준 최고의 선물이 아닐까.

'산'의 울창한 숲 그리고 은쟁반에 옥구슬 구르는 듯한 계곡의 물소리를 들으면, 말초신경을 자극하여 우리들에게 '정서와 안정'을 준다. 그뿐인가, 지치지 않게 산행山行을 할 수 있는 것도, 산이 탄산가스를 들이마시는 대신 산소를 내뿜는다. 그것과 동시에 항균물질 테르펜Terpene이 분출되기 때문이다. 그것은 바로 질병의 자연치유력과 면역력 고양에 더할 나위 없는 신비로운 약과 같은 것이다.

무엇보다 산행을 하게 되면 '오르면 언젠가 반드시 내려가야 한다'는 큰 진리도 우리들에게 가르쳐주는 것 같다. 즉 그것은, 권력이나 금욕에 집착한 인간들을 병들게 해버리는 중요한 교훈을 깨닫게 해주는 말이다.

숲, 공원 그리고 산! 이것은 인간에게 있어서 또 하나의 훌륭한 무료진료 종합병원이 아닐까. 다람쥐 쳇바퀴 도는 생활 속에 사는 도시인들. 건강과 여유로움을 찾기 위하여, 이제 조그마한 '뒷동산'이나 공들여 조성한 '동네공원' 또는 호젓한 '숲길'을 찾아 나서보자! 그래서 신선한 공기를 한껏 들이마셔 보는 것이다.

'눈물'이라는 감정

'로라에게 사랑한다고 말해주오'

매주 토요일 저녁 식사 시간대에 방영되는 어느 방송의 음악 경연 프로가 있다. 현역 가수들만 출연하는 재미나는 프로다.

출연자들이 대부분 젊은 가수라 나에겐 그다지 눈에 익지 않다. 그렇지만 어느 때는 흘러간 국내외 히트곡을 리메이크하여 멋들어지게 불러 옛날 향수를 물씬 풍기게 한다. 요즘같이 찌든 세파에 신선한 묘미를 주어 그나마 큰 다행이다.

그런데 황홀한 음악에 도취되어 넋을 잃고 바라보는 방청석의 모습이 가끔 화면에 비친다. 그들은 음악을 듣고 평가하는 판정단이 되기도 하여 그 진지한 모습은 자못 심각하다. 눈물을 흘리는 '감동'의 장면까지 보이니 말이다.

미국 텍사스 출신의 레이 피터슨Ray Peterson 1939-2005이라는 오래전 팝송 가수가 있다. 그는 가히 4옥타브에 이르는 가창력을 가진 천부적인 가수였다. 어릴 때 소아마비로 오랜 기간 병원 생활을 하면서 환자들을 위해 노래를 불러준 것이 가수가 된 계기다.

세상을 뜨기 전 그의 마지막 공연을 보면, 덥수룩한 흰머리에 오른손에는 지팡이를 짚고 열창하면서 호소하는 모습은 잔잔하게 가슴을 울린다. 틴에이저의 비극적인 사랑을 노래한 그의 대 히트곡 '로라에게 사랑한다고 말해주오'Tell Laura I Love Her를 부를 땐 애절한 노랫말과 곡이 잘 어우러져 많은 사람들의 심금을 울린다.

그 애절한 노랫말을 보면 이렇다. 로라에게는 토미라는 연인이 있다. 남자친구 토미가 로라에게 결혼반지를 사주기 위해 천 달러의 상금이 걸려있는 자동차 레이스에 참가한다. 그는 경기 전 로라에게 전화를 하지만 통화를 하진 못한다. 안타깝게도 레이스 도중 충돌사고를 당하고서 죽어간다. 로라 어머니에게 애절하게 말한다. 로라에게 사랑한다는 말을 전해달라고…. 그리고 내가 없더라도 울지 말라고, 로라에 대한 사랑은 영원하다고 하는 비절悲絶한 내용이다.

이같이 곡의 흐름, 높낮이, 강약, 게다가 그 음악에 어울리는 가사가 하모니를 이룰 때는 최고의 화성和聲이 되어 듣는 이로 하여금 진한 '눈물'을 자아내게 하는 것 같다.

눈물이란 인간에게만 주어진 소중한 감정표현이다. 인간 이외의 동물에게는 감정이 없다. 집에 있는 강아지를 한번 웃게 해 보라. 그 강아지가 웃는지. 그것은 인간에게만 웃음보가 있고 눈물샘이 있기 때문이다.

이렇게 감동과 슬픔의 눈물은 왜 흐르는 걸까? 서로 반대의 느낌인데도 감동을 느낄 때나 슬플 때나 똑같이 눈물이 흐르는 것이다. 심리학에서는 일찍이 앙분怏憤 스트레스가 쌓였을 때 해소하는 방법을 다음과 같이 설명한다.

먼저 남에게 은혜를 입거나 반대로 자신의 정당한 권리를 침해당하는 경우 보상정애報償情愛란 감정이 발생한다고 한다. 그래서 보은을 하거나 보복으로 해소하는 것이다.

그리고 마음속에 쌓인 앙분, 특히 지식 정보에 관한 의식은 남에게 수다를 털어놓음으로써 해소된다. 경우에 따라 울음을 터트림으로써 그 앙분이 해소된다는 것이다.

그래서 4세기 그리스 철학자 아리스토텔레스는 슬픔 비극이 이처럼 카타르시스를 일으킬 수 있다는 점에 착안해 시학詩學을 쓰지 않았는가.

다시 말해 울음이란 슬픔이 주는 격렬한 감정을 해소시키기 위해 일어나는 현상이며 동시에 감동할 때 발생하는 찡한 기분과 눈물 역시 그 감동이 격렬해질 때 이를 해소하기 위해 일어나는 것이다.

감정은 우리 인간만이 갖고 있는 매우 소중한 표현이다. 그 소중한 감정은 표현되어야 건강에도 좋을 것이다.

인연은 소중해야 한다.

하필이면 왜 '당신'인가!

일체만물이 악연 아닌 선한 인연으로 맺어졌으면….

여유

'여유 있게, 살고 있나요

소중한 인연

하필이면 왜 당신인가?

~~~~~~

이른 아침 건강검진을 받기 위해 멀리 떨어진 대학병원에 다녀왔다. 버스를 타고 가면 집에서 1시간 정도 걸린다. 아침 출근시간대임에도 버스에 타고 있는 승객은 고작 서너 명에 지나지 않았다. 하지만 시내 중심가에 이르자 수십 명으로 늘어났다. 출근길 활기찬 샐러리맨들의 모습을 보니 저절로 기운이 솟는다.

마침 버스에서 들리는 라디오 교통방송은 하루를 더욱 살맛나게 한다. 출근 시간대 시내 어디에서 도로가 막히고 어느 방향으로 가면 소통이 잘 되는지 미리 알려주고 있다. 친근한 목소리에 감칠맛 나게 진행하는 솜씨는 서울 어느 방송 못지않게 능숙하다. 삶의 화젯거리를 곁들여가면서 푸근하게 진행하고 있었는데 그 화제가 내가 새해 연두소감의 주제로 삼았던 '인연'과 비슷해서 놀랐다.

수많은 세파 속에 그냥 옷깃만 스쳐 지나도 인연이라고 하지 않는가. 가까운 '이웃'을 만나는 일은 큰 인연이려니와 '친구나 연인'을 만나는 것은 더 큰 인연이 아닐 수 없다. 하물며 '가족과 친척'은 더할 나위 없이 소중한 인연이다. 이 지구상에는 수십 억 사람들이 살고 있다. 그중 한 번도 만나지 못하는 사람은 부지기수일진대 그들과의 만남은 정말 인연 중에서도 기적에 가까운 일이 아닌가.

지난해 데뷔 33주년 기념 콘서트를 연 동안童顔의 50대 여가수이선희가 열창하는 노래를 잠시 들어보자. 노랫말이 너무 애절할 수 없다.

별처럼 수많은 사람들,
그중에 그대를 만나 꿈을 꾸듯 서로를 알아보고
……
인연이라고 하죠, 거부할 수가 없죠.
내 생에 이처럼 아름다운 날 또다시 올 수 있을까요?

이같이 수많은 사람들 중에서 하필이면 왜 '그대'이고 왜 '당신'인가? 그야말로 그대를 만난 건 정말 행운이고 다행스러운 일임을 절절히 노래하고 있다.

불가佛家의 '인연'을 빌리면, 세상 만물은 모두 상대적 의존관계에 의해서 형성된다고 한다. 어떤 결과를 만들어내는 직접적인 원인을 '인'因이라 하고, 인과 협동하여 결과를 만드는 간접적인 원인을 '연'緣이라 한다.

농사를 예로 들자면, 종자를 '인'이라 하고 비료나 노동력은 '연'이다. 아무리 '인'이 좋다 할지라도 '연'을 만나지 못하면 결과를 가져올 수 없다는 심오한 의미가 들어 있다.

잠시 1973년 발표한 피천득1910-2007의 자전적 에세이 '인연'을 보자. 그의 일본유학 시절 아사코朝子라는 여인과 얽힌 아름다운 회상이 너무나 치밀하고도 깔끔한 구성으로 표현되어 있다.

그는 17살 학생 때 그녀를 처음 만나고 30살에 두 번째 만난다. 그리고 세 번째 만남은 40살 무렵이다.

처음엔 아사코를 어리고 귀여운 꽃 스위트 피Sweet pea로 비유했고 다음에는 청순하고 세련되어 보이는 꽃 목련으로 비유한다. 마지막 그녀에 대한 만남에는 시들어가는 꽃 백합으로 표현하였으니 아쉽게도 그녀에 대한 미학적 묘사는 점점 약화되어만 갔다. 어쩌면 그런 현상도 인연으로 단정지을 수 있지 않을까.

특히 그는 이 작품에서

> 그리워하는데도 한 번 만나고는 못 만나게 되기도 하고, 일생을 못 잊으면서도 아니 만나고 살기도 한다. 아사코와 나는 세 번 만났다. 세 번째는 아니 만났어야 좋았을 것이다.
> 〔'인연'에서〕

라는 명언은 우리들의 마음을 절절히 울린다.

그녀에 대한 아련한 그리움과 아쉬움이 교차되어 있는 점이 많은 독자들을 매료시키고 있다.

'인연'은 소중해야 한다. 하필이면 왜 당신인가? 어느 누구든 이 같은 삶에서의 인연은 있을 것이다. 제발 일체만물一體萬物이 악연이 아니라 '선한 인연'으로 맺어졌으면 한다.

바닷가 두 도시

삶의 질이 높은 문화도시

오랜만에 부산에 갈 일이 있었다. 인구 350만 항구도시 부산은 그야말로 우리나라 제2의 대도시. 게다가 해수욕장, 자갈치시장, 영도다리, 선박, 컨테이너 그리고 '꽃분이네' 가게가 등장하는 영화 '국제시장'을 빼놓고선 이야기가 되지 않는다. 정말 문자 그대로 열정이 넘치고 부산스러운 도시임에 틀림없다.

바닷가에 위치한 대도시라 산동네의 출현은 자생적인 것 같다. 내가 들른 곳은 산동네 중턱쯤. 가는 길이 꼬불꼬불하여 수고를 들여야 하지만 다행히 마을버스가 있어 목적지까지 잘 도달할 수 있었다.

그런데 마을버스를 이용하는 사람은 대부분 동네에 사는 아주머니나 노인들뿐이었다. 거동이 불편한 노인들은 승하차에 꽤나 익숙해 있는 듯 아무렇지 않아 보인다. 운전기사 역시 이 같은 산길 따위는 누워서 떡 먹기인 듯 덜커덩거리면서 속도를 내버린다. 멋진 현대풍 건물도 즐비하게 서 있는 광활한 바닷가 도시이지만 유독 다른 도시에 비해 산동네가 많아 놀랍기도 하다.

미국의 경영컨설팅업체 머서Mercer가 세계 230개 나라를 대상으로 '2016년 세계에서 가장 살기 좋은 도시'를 조사한 것이 있다.

음악의 도시 오스트리아 빈Vienna이 단연 5년 연속 1위를 차지했다고 하니 부럽기 그지없다. 선정기준을 보면 도시의 정치, 경제, 환경, 보건, 교육, 주택, 문화, 공공서비스 등을 지수화해서 종합평가한 결과라 한다. 2위와 3위도 지난해와 변동 없이 스위스 취리히, 뉴질랜드 오클랜드가 차지했고 독일의 뮌헨과 프랑크푸르트, 캐나다 밴쿠버 등이 상위권에 올랐다.

더욱 관심이 가는 것은 아시아 쪽. 싱가포르가 25위로 아시아에서 가장 순위가 높다. 44위 도쿄, 46위 고베, 49위 요코하마 등 주로 일본의 도시들이 순위에 올라 있다. 우리는 '서울'이 73위에 올라 그런대로 체면을 유지해주고 있지만 왠지 씁쓸하기 짝이 없다. 최하위는 폭탄 테러로 악명 높은 이라크 바그다드다.

좀 지난 조사이지만 우리나라 대도시에 대한 평가에 대해서 보자. 부산대 의학전문대학원 교수가 '2005년 통계청 인구주택 총조사의 원자료'를 대상으로 광역시 이상 7대 도시의 '박탈지수'를 분석한 것이 있어 매우 흥미롭다. 박탈지수Deprivation Index란 주거환경을 중심으로 '삶의 질'을 수치화한 용어다.

그 지수가 높을수록 주거환경은 좋지 않고 삶의 질이 떨어짐을 나타내는데 가장 높은 도시는 부산, 가장 낮게 나타난 곳은 울산이다. 다시 말하면 가장 살기 좋은 곳이 울산이고 부산은 가장 하위란 말이다. 아무래도 울산은 대규모 산업단지가 모여 있어 안정된 일자리로 중산층 생활을 누린 점이 영향을 줬을 것이다.

특히 울산대공원과 태화강대공원, 십리대숲, 5월의 꽃대궐 잔치, 한껏 정화된 태화강의 괄목할 만한 생태환경 변화도 한몫을 했을 것이다.

'문화도시'는 삶의 질을 말한다. 즉, 유럽의 문화도시처럼 문화를 주제로 선포한 도시 또는 문화시설이 잘 갖추어지고 문화예술에 관한 정책지원이 흡족한 도시를 말한다. 쉽게 말하면 '살기 좋은 도시, 살고 싶은 도시'일 것이다.

이러한 관점에서 삶이 문화가 되는 도시, 나아가 시민들의 삶의 질을 최우선으로 생각하는 도시야말로 우리가 바라는 도시가 아니겠는가.

2002년 월드컵 4강 신화를 이룩한 저력 있는 우리도 오스트리아 '빈'과 같은 세계 1등 도시를 만들어낼 수 없을까?

물고기가 본 세상

아름답고 역동적인 곳

    나는 틈만 나면 걷기 운동이다. 걷기가 최고의 운동이라 하니 어디에라도 찾아서 걷는 습관이 생겼다.

    자주 걷는 데가 있다. 작은 개천이고 그런대로 깨끗한 산책로. 이 개천은 집 가까이에 있는데 이름을 무거천無去川이라 한다. 여름철이 되면 백로들이 가끔 천으로 올라와 먹이 사냥을 한다.

    사냥 모습이 참 재미난다. 물속을 뚫어지게 내려다보고 있다가 먹잇감이 보이지 않으면, 영리한 원숭이마냥 긴 다리로 물속의 작은 돌멩이를 살살 흔들어댄다. 혹시 그 밑에

웅크리고 있는 미꾸라지나 물고기들이 나올까 해서다.

앞쪽을 보니 어미오리가 새끼 여덟 마리를 데리고 나들이 나왔다. 어미오리 행동에 새끼들이 흉내 내면서 졸졸 따라다니기 바쁘다. 정말 평화로운 장면이다.

개천을 끝까지 걸어가다 보면 태화강 뚝방이 훤히 펼쳐진다. 강 수면에는 팔뚝만 한 은어들이 여기저기서 튀어 올라 덩달아 기운이 솟는 듯하다. 넓은 강물 속이 좁아서인가, 아니면 바깥세상 모습이 궁금한지 구경해보려는 심산인 것 같다.

태화강 물고기가 내려다본 멋진 세상이 파노라마같이 전개된다. 비록 짧은 촌음이지만 이 물고기는 오랜 시간 바깥세상을 머물다 가는 듯하다.

코스모스 꽃길을 엄마와 딸 둘이서 다정히 걸어간다. 걸어가는 모습은 행복하기 그지없다. 무엇이 그렇게 재미있는지 환하게 웃으면서 걸어간다. 뒤에는 이웃에 사는 아저씨 아주머니들인 듯 "안녕하세요!"라고 인사하면서 서로 반긴다.

저 멀리 다리 밑에서 색소폰 소리도 은은히 들린다. 캐주얼 차림의 색소폰 아저씨가 나무 기둥에 기댄 채 '대니 보이'를 열심히 불고 있다. 무슨 사연이 그렇게 많은지 애절하게 들리기만 한다.

그것뿐인가. 주변의 초록빛 나무와 알록달록한 들꽃을 보니 그야말로 낙원 같다. 아마도 인간들을 위해 활짝 핀 것이리라. 미국의 음유시인 월트 휘트먼Walt Whitman 1819-1892, 나의 노래 6이 말하지 않았나! 풀잎은 신의 손수건일지 모른다고……

이곳 십리 대나무 숲은 빽빽이 뻗어 있다. 게다가 숲 위에 앉아 있는 백로들은 제각기 잘났다고 고개를 내밀면서 끼억끼억 소리 낸다.

맞은편 둔치의 잔디축구장에는 자못 열기가 넘친다. 젊은 아줌마들로 팀을 이룬 여성 축구팀과 건장한 노인들로 이루어진 남성 팀 간의 시합이다. 아줌마 팀이 2대 0으로 이기고 있는 게 아닌가. 패스 솜씨가 정말 국가대표팀 지소연 선수급이다.

비 온 후 잔디가 있는 곳이 까마귀 판으로 바뀐다. 사람이 스쳐가도 아랑곳하지 않는 건방진 태도는 가관이다. 부리로 연신 쪼면서 머리를 흔들어대기에 바쁘다.

저기 둑 아래에는 서부극 영화의 역마차마냥 네발자전거의 의젓한 모습이다. 아이 둘, 엄마, 아빠, 네 명 정원의 안락한 산책용 자전거다.

울산시가市歌의 함성이 가로등 스피커에서 우렁차게 난다. 마치 서울올림픽 주제가 '손에 손잡고'를 부른 코리아나가 여기서 부르고 있는 것 같다.

들판 군데군데의 원형 파라솔은 나름대로 운치가 있다. 그 위를 바라보니 한여름의 파란 하늘이 왠지 청명하다.

태화강 물고기는 혼자서 생각할 것이다. 이 얼마나 멋진 세상이냐고!

저 멀리 높은 곳에 울산의 지킴이 태화루가 점잖게 자리 잡고 있다. 옛날과 현재가 그대로 공존하는 영남의 3대 누각樓閣이다.

네온사인이 달려 있는 저 십리대밭교는 밤이 깊을수록 알록달록 청초롭기만 하다.

이제 곧 태화강 물은, 자동차 야적장과 온산공단 사이로 지나 넓은 바다로 빠져나갈 것이다.

태화강 물고기는 생각이 분명하다. 그래도 넓은 동해 앞 바다보다 태화강에 사는 것이 백번 나을 것이라고. 왜냐하면 바다보다 먹이가 풍부하고 구경거리도 훨씬 많고 무서운 상어나 고래 따위는 없으니 말이다.

인생은 기차를 타고

우리의 삶도 여행이 아닐까

요즈음 기차는 엄청나게 빠르다. 그래서 전국 어디에 가도 일일생활권 이내라 여행하기 편리하다.

KTX 경부선만 해도 소요시간이 최소 2시간 40분밖에 걸리지 않으니 말이다. 거기다 여객들을 위한 기차 안 시설은 편리하게 잘 구비되어 있다. 화장실, 자판기, 디엠비, 휴대폰 충전기, 의약품, 심장 자동제세기를 비롯해 스낵바, 수유실, 안마의자, 노래방, 미니도서관까지 마련되어 있다. 여객전무, 여승무원, 경비원 등 인력자원도 친절한 서비스를 아끼지 않는다.

이것과 달리 그 옛날, 향수에 젖은 기성세대에게는 재미

있는 추억거리가 하나 있다. 대전역에서 치열하게 벌였던 '가락국수' 쟁탈전이다. 기차가 플랫폼에 서서히 다가오면 가락국수 한 그릇 먹기 위해 일찌감치 내릴 태세를 준비해야 한다.

기차가 정지하는 몇 분 동안 쏜살같이 먹어치워야 하는 일이다. 가판대까지 달려가 서로 돈을 지불하면 주인은 냉큼 국수를 담고 뜨끈뜨끈한 국물을 내리붓는다. 그것을 받아들고 후룩후룩 먹어치우는 모습을 보면 모두들 게걸스럽게 보인다. 꼴은 우습지만 거기에 고춧가루 한 숟가락 퍼넣어 먹으면 맛은 기가 막힌다.

우리나라 토종물고기는 30여 종 있다. 붕어, 메기, 산천어, 미꾸라지, 잉어, 빠가사리 등이다. 그중 토종물고기 '산천어'는 매년 겨울 강원도 화천에서 축제가 열릴 정도로 인기 있고 매력적인 놈이다. 외모도 아름다울 뿐만 아니라 특급 청정수에서만 사는 냉수 어종이라 우리에게 친근감이 더욱 있다.

여행길을 나서다 보면 이 산천어는 언뜻 KTX의 외양과 빼닮았음을 알고 새삼 놀란다. 정면에서 보면 양 눈이 초롱초롱 박혀 있고 아가미는 열차의 전면 돌출부와 다를 바 없다. 양쪽 배 부위에는 15여 개의 굵은 선이 세로로 그어져 있어 마치 울산행 9시발 123열차의 고삐 15량을 보는 듯하다. 그뿐인가, 등 위에 많은 점박이가 찍혀 있는 것도 객실 하나하나의 창문을 연상케 하니 영락없는 산천어다.

이 국산 ktx 열차는 공기저항을 줄이기 위해 몸체는 어쩌면 유선형 모양을 한 '산천어'를 모티프 한 듯하다. 실제로 2010년 2월 명칭공모를 통해 'KTX-산천'을 채택하여 명명한 것도 그런 연유에서다.

기차라 하면 연상되는 말은 '여행'이다. 17C 영국의 역사가 풀러T. Fuller는 '널리 여행하는 사람은 세상을 많이 안다'고 했다. 여행을 하면 현명해지고 그렇지 않으면 바보가 될 수 있다니 그 소중함을 가르쳐주는 것 같다.

'세계는 넓고 할 일은 많다'고 캐치프레이즈를 내세우며 열정적으로 활동했던, 왕년의 대우그룹 회장도 세계를 폭넓게 비즈니스 여행을 하면서 성공하지 않았나.

여행이라면 모험가 '한비야'를 빠트릴 수 없다. 7년 동안 여자의 몸으로 오지여행을 다녀올 정도로 과감했던 그녀는, '여행은 다른 문화 다른 사람을 만나고, 결국에는 자기 자신을 만나는 것'이라고 했다. 어릴 때 아버지로부터 낡아

빠진 세계지도 한 장을 선물 받고 그것에 매료되었던 그녀는, 열정적인 도전정신과 헌신적인 구호정신으로 모든 이에게 감동을 주지 않았나.

'여행'을 막상 나서게 되면 준비할 때의 짜릿한 설렘, 일상에서의 탈출, 맛난 음식, 아름다운 자연 그리고 새로운 사람들을 만날 수 있음에 너무나 행복함을 느낀다. 중요한 것은, 자신에 대한 '삶의 의미'를 찾아보는 최상의 호기라는 사실이다.

우리의 '삶'은 여행과 같다. 여행이 항상 즐거움과 행복만 채워주는 것이 아니듯, 우리의 삶도 어려움과 고난이 늘 상존해 있음을 알아야 한다. 이런 소용돌이에서도 인생의 여행길을 걷다 보면, 나의 가슴을 뛰게 하는 무엇이 분명 있다. 그것을 발견한다면 그것은 곧 '보물덩이'가 아니겠나.

석굴암의 미소를 보라

세상을 관조하는 방법

그 옛날 나는 신혼여행을 경주로 간 적이 있다. 그땐 경주로 신혼여행 가는 것이 보통사람의 일이었던 같다. 5월 말 늦봄에 갔기에 경주의 들판은 황금빛 보리밭으로 그 아름다움은 지금도 잊을 수 없다. 특히 황금 보리밭을 배경으로 클로즈업 된 첨성대의 모습은 정말 신비로웠다.

그곳을 출발하여 불국사를 구경하고 토함산의 석굴암으로 향했다. 가이드 택시기사는 구불구불 산길을 오르면서 재미있게 한마디 한다. 정이 없는 부부가 이 토함산에 오를 때면 저절로 금실이 좋아진다는 것이다. 그만큼 산길을 구불구불하게 타고 올라간다는 말이다.

정신없이 정상에 오르자 석굴암 입구에 이른다. 바깥에서 보면 허술히 보이지만 석굴 안으로 들어가 불상을 보고 있노라면 우람한 크기에 압도되어 버린다. 특히 불상의 미소 지움은 오묘하고 신비로움 그 자체다.

천 년 전 석공은 미소 가득한 이 불상을 어떤 마음으로 새기고 있었을까. 생각하건대 붓다의 심심深心을 많이 깨달았을 것 같다.

신라 경주 어느 마을에 사내아이가 살았다. 그 아이는 머리가 크고 이마는 평평하여 마치 큰 성城과 같았다. 이름하여 말 그대로 대성大城으로 지었는데 그가 바로 석공 김대성이다. 어릴 때부터 너무나 가난하여 부잣집에서 일을 도와주며 살았고, 일하며 모은 재산인 조그마한 '밭이랑' 몇 줄을 불사佛事에 쓰도록 했다.

김대성은 그 후 장성하여 부모의 은공을 갚는 데는 절을 지어 드리는 일이 공덕 가운데 최상이라 생각했다. 그런 연유로 큰 원력을 세운 뒤 '불국사와 석굴암'을 지어 돌아가신 부모를 위하여 추선追善케 하였다.

우리나라의 불상에는 '자비로운' 미소를 띤 것이 유난히 많다. 그중 경주 토함산의 석굴암 불상과 금동미륵보살 반가야상은 세계에서 가장 아름다운 불상으로 손꼽는다.

원래 불상은 간다라 지방인 지금의 파키스탄 · 인도 북부에서 제일 먼저 볼 수 있다. 기원전 3세기 그리스 알렉산더 대왕의 인도 침략을 계기로 곳곳에 불상이 세워지면서, 불교에 귀의한 그리스인들이 '아르카익Archaic 미소'의 형상으로 만들었던 것이다.

그것은, 다름 아닌 희미한 미소를 입가에 띠면서 고졸古拙하고 소박하면서도 깊은 정취나 생명력을 느끼게 하는 표현을 말한다.

이러한 아름다운 '미소'는 일찍이 중국에서도 볼 수 있었으나 5세기 말부터 갑자기 미소가 사라지고 근엄한 모습으로 변모한다.

그러나 당나라 구법승과 사신들이 6세기쯤 한반도에 전파한 초기불상에는 자애로운 미소를 완연히 볼 수 있게 된다. 서산 마애삼존불상과 반가사유상이 대표적인 예다.

'석굴암'은, 8세기 중엽 23년이나 걸쳐 통일신라 문화 황금기에 건립된 동아시아 불교조각의 최고 걸작이다.

석굴 주실 중앙의 석가모니 대불을 자세히 보라! 얼굴

과 어깨를 드러낸 옷 주름의 생동감으로 불상 전체에 생명감이 넘쳐흐른다. 깊은 명상에 잠긴 듯 가늘게 뜬 눈과 엷은 미소를 띤 붉은 입술, 풍만한 얼굴은 근엄하면서도 자비로운 표정이어서 마치 중생들에게 깨달음의 소리를 전하는 것 같다.

바야흐로 오늘의 세상은 이제 인내조차 할 수 없는 속세가 되어버렸다. 사드THAAD, 전술핵 배치, 권력형 뇌물, 천륜에 거스르는 행위, 난잡한 성윤리, 배신 · 보복정치 등으로 혼탁하기 짝이 없다. 이러한 우리의 어지러운 번뇌들을 앞으로 어떻게 해야 할 것인가.

'석굴암의 미소'야말로 붓다가 모든 악마의 방해와 유혹을 물리친 승리의 순간, 큰 깨달음을 얻은 표현이지 않은가. 석굴암 성도상成道像의 미소를 생각하면서 세상을 관조해보고 해결방법을 찾았으면 한다.

살기 좋은 곳

명품 행복도시

울산으로 내려오기 오래전 나는 상당 기간 서울에서 살았다. 학문을 한답시고 세상물정 모른 채 우둔하게 지낸 것 같다. 소시민에게 주어지는 당첨되기 어려운 아파트분양에 목숨을 걸었으니 그럴 것 같다.

80년대 말 분당 일산 평촌 산본 등 소위 '1기신도시' 분양이 극에 달했을 때 보통 청약률이 수백 대 1이었던 걸 보면 하늘에서 별 따기 짓을 한 것이다.

우리나라에서 '가장 살기 좋은 장소'를 찾아보면, 조선시대 실학자 이중환의 『택리지』 속 「복거총론」에 잘 기록되어 있어 매우 흥미롭다. 전국 8도 중에서 다름 아닌 대전광역시 서구에 해당하는 충남 '공주 갑천'이라는 곳이다.

그가 그곳으로 결론을 내리기까지 4가지의 '입지조건'을 밝히고 있는데, 먼저 지리地理가 좋은 곳을 든다. 다음은 인간들이 살아가는 데 필요한 여러 가지 물질적 재화의 총체인 생리生利. 다음은 인심人心 좋은 곳. 마지막으로는 아름다운 경치가 전개되는 산수山水를 들고 있다.

그렇지만 현대의 입지조건이라면 이것을 그대로 대입할 수 없을 것이다. 왜냐하면 무분별한 개발로 각종 환경오염과 정신적 스트레스에 찌들어 있는 현대인들에게는 친환경적이고 생태적인 공간을 선호하는 추세에 반하기 때문이다.

'주택가격'은 잘 오르고 '삶의 질'이 떨어지는 곳, 주택가격은 오르지 않지만 삶의 질이 좋은 보금자리가 있다면 어느 쪽을 선택하겠는가?

수년 전 한국외대 국가브랜드연구센터와 한국경제신문이 전국 77개 기초자치단체를 대상으로 평가한 적이 있다. 그중 경기도 '고양시'가 '가장 살기 좋은 도시'로 선정되었다고 한다. 잠깐 그 요인을 분석해보면 수긍이 간다.

우선 세계 TOP-5로 진입한 고양 국제꽃박람회, 킨텍스를 비롯한 수도권 최대의 위락시설, MICE산업 활성화, 신한류 문화관광 중심도시 등으로 부각된 점이다.

그리고 각종 생활민원의 효과적인 처리시스템 구축, 복지사각지대 완화, 수많은 문화공연 확대 등 전국 최고 수준의 '주거환경'이다. 게다가 인천공항 전용도로, KTX 종착역, 3호선 지하철, 서울외곽 고속도로, GTX 우선 추진결정 등 수도권의 모든 교통이 지나다니는 '편리성'을 들 수 있다.

더욱 놀라운 것은 2006년 7월 10일자 뉴스위크지紙에 의하면, UN자료를 토대로 '가장 역동적으로 발전하는 세계 최고의 10대 도시Top-10 list'에 런던, 모스크바 등과 함께 경기도 고양시가 선정됐다는 사실이다.

인구 110만 도시에서 열리는 꽃박람회에 200만 명의 관람객이 찾아오는 것, 호텔과 상업시설이 1년 만에 5만 평 이상 건축되는 것, 위시티 외 1만 세대가 2년 만에 준공됐다는 것 등에 외국인들이 새삼 놀란다.

우리나라는 자고로 '살기 좋은 도시' 이외에도 '풍광'이 아름다운 곳도 이루 말할 수 없이 많다. 유럽에서 오랫동안 살면서 아름다운 곳을 꽤나 찾아다녔다고 하는 한 지인은, 어느 나라를 가보더라도 한국만큼 산수가 좋은 곳은 없다

고 한다. 이 기회에 우리의 산하山河를 한번 심미해보는 일
도 행복한 일이 아니겠는가.

우리는 이제 선진국 대열에 당당히 서 있다. 그러나 거기
에 걸맞게 소시민을 위한 삶의 질이 높은 '문화도시'를 만
드는 것 또한 중요하다. 도시든 시골이든 정말 인간다움이
스민 '살기 좋은 우리 동네'를 만드는 것이다. 그리하여 천
년을 살 수 있는 행복한 도시를 건설하여 먼 후손들에게 물
려주자!

세계 1등 도시인 유럽의 빈이나 취리히 같은 명품 행복
도시를 우리도 한번 멋있게 설계해보자.

'우리 엄마는 어디 갔어요?'

웃음은 행복과 건강의 원천

한여름 피서방법은 다양하다. 특별히 먼 곳으로 가지 않고 집 주위 피서할 수 있는 곳을 찾아보는 것도 한 방법이다. 적절히 냉방이 잘 된 곳이라면 더욱 좋다.

그중 지척에 있는 빵집은 빼놓을 수 없다. 그곳에 들어서면 주인의 인사말과 '밝은 웃음'에 매번 활력을 솟게 한다. 게다가 허스키보이스라 그 웃음은 더욱 빛난다.

1950년 노벨문학 수상자 버트런드 러셀은 '웃음은 가장 값이 싸고 효과 있는 만병통치약이다'라는 메시지를 남겼다.

여기 건강하게 웃으면서 사는 방송인이 또 있다. 술, 담배는 물론 커피 한 방울도 마시지 않는 뽀빠이 이상용이다. 본인은 키도 작고 볼품은 없지만 외모보다 엑스레이가 잘 나와야 한다고 건강을 우선시한다. 동시에 그에게는 남을 웃길 수 있는 이야깃거리가 3만 3천 가지나 있어 웃음봉사도 많이 한다.

어느 충청도 시골 아주머니 4명이 대청마루에서 얘기한다. "올 아시안게임에 미국팀이 안 온다고 해유!" 옆에 있던 아줌마가 맞장구친다. "그래유? 삐짓는 거 벼!삐졌는가 봐요"

여섯 살 난 딸이 자기 엄마에게 "우리 엄마는 어디 갔어요?"라고 묻는다. 너무나 날벼락 같은 기막힌 질문이다. 실은 아이 엄마는 안타깝게도 오랫동안 안면마비를 앓고 있었다. 평상시 표정이 없던 엄마는 아이에게 도무지 엄마로 여겨지지 않았다는 말이다. 그만큼 웃음이란 소중하다.

웃음은 그렇다. 아무 사심 없이 웃는 '진짜웃음'은 사람 사이의 윤활제가 되고 타인에게 행복감을 줄 수 있다. 그러나 잘못하여 무심코 흘린 '비웃음'은 원한을 크게 사기도 한다. 예로 범죄자들의 웃음, 사이코패스의 웃음이다.

미 예일대 마리안 라프랑스 교수는 그의 저서 '웃음의 심리학'에서 진짜웃음과 가짜웃음에 대하여 이야기하고 있다.

소위 '뒤센웃음'이라는 진짜웃음이다. 이것은 입과 눈 주위근육이 복합적으로 반응한다고 한다. 특히 눈꼬리에 까마귀발 같은 주름살이 생기는데 이러한 웃음이 일상생활에서 많이 나타나면 부정적인 감정은 사라지고 마음의 여유와 행복을 가져다준다고 한다.

반대로 사교적으로 의지에 따라 웃는 '팬아메리칸 웃음'은 입꼬리만 단순히 올라가기만 하는 가짜웃음이니 조심해야 한다.

최근 일본열도를 뜨겁게 하는 남자가 있다. 항상 손에는 부채를 들고 가발을 쓴 채 일본인들에게 웃음을 주는 '기미마로'綾小路きみまろ라는 만담가다.

주로 중고년中古年 세대를 대상으로 만담을 연출하는데 관중들의 반응이 대단하다. 아마도 5초에 한 번씩 웃음소리가 터질 정도니 재주가 보통이 아니다. 그가 무대에 서면 첫마디가 좀 색다르다.

"여러분들! 여기에 잘 오셨습니다! 모두들 건강하시지요?"라고 인사하면 바로 관중들로부터 박수를 받는다. 그러자 웃기기 시작한다. "이렇게 힘 빠지는 박수를 쳐주셔서 정말로 고맙습니다!"라고.

그의 웃음 재료는 예를 들면 이렇다. 젊은 부부 시절 재미있었던 일들이 수십 년 지난あれから40年 지금은 사정이 전혀 달라진 한탄조의 이야기들이다.

"마누라는 그땐 말수가 적었는데 '그로부터 40년' 지난 지금은, 아침부터 밤까지 조잘조잘 끝이 없으니 그 입이 체중만큼 무거웠으면 얼마나 행복하겠나! 젊었을 때는 쳐다보지도 않았는데 이젠 마누라한테 버려졌으니. 쉴 공간은 집도 아니고 회사도 아닌 오로지 화장실뿐⋯⋯. 회사보다도 마누라에게 내고 싶은 사직서⋯⋯."

유럽 동남부의 세르비아에 가면 죽은 아들 앞에서 부모가 계속 웃으니까, 죽은 아들이 살아났다는 전설이 있다. 웃음은 건강과 행복의 원천이라 할 수 있다. 그래서 소문만복래笑門萬福來라고 하지 않는가.

삶에 지친 현대인들에게 뒤센웃음, 즉 진짜웃음을 많이 짓는 일상이 되었으면 한다.

그가 살고 싶은 곳

세상에서 가장 아름다운 곳이라면

정들었던 울산에서 머무는 날도 그에게는 이제 떠날 때가 되었다. 몇 밤만 자면 짐을 싸서 경기도 일산으로 이사간다. 가슴이 찡해온다. 이유는 이제 막 정년을 맞이했고 게다가 25년 전 운 좋게 그곳에 싼값으로 구입해둔 아파트가 있어서다.

동남쪽 끝 최대공업도시 울산에서 북서쪽 끝 신도시, 일산까지는 꽤나 멀다. 그는 그 먼 거리를 이렇게 생각한다. 킬로미터로 환산하면 수많은 숫자로 표시되지만 마음은 아주 가깝다고 말이다. 아마 그동안 서울에 용무가 있을 때마다 틈틈이 가보아 점점 달라지는 모습에 관심을 늘 가졌기 때문이다.

차분히 한번 그를 따라가 보기로 한다. 지하철 일산선을 타고 서울 도심에서 40여 분 타고 가면 '마두'馬頭라는 생소한 역에 다다른다. 이 역명은, 일산의 상징 정발산에서 바라보면 마을 전체 형상이 마치 말의 머리와 같다고 하여 붙여진 재미나는 이름이다.

역을 나오면 좌우에는 제법 큰 상가건물과 아파트촌이 도시계획선을 따라 즐비하게 서 있는 것이 눈에 들어온다. 초창기 건설된 신도시로 지금은 인구가 110만이나 되는 곳이다.

그가 사는 곳은 아파트촌 안에 있는 두 개의 쾌적한 공원을 쭉 거쳐 가면 나온다. 가면서 보이는 것은 왼쪽으로 초 · 중 · 고등학교. 일부러 그렇게 설계한 듯 사이좋게 인접해 있는 것이 편안히 느껴진다. 아무래도 그가 사는 곳은 학교와 무슨 인연이 있는지 늘 따라다니는 것 같다. 그것이야 그의 팔자니 어쩔 수 없는 일이 아닌가.

그의 집으로 가다 보면 큰 분수대도 있고 널찍널찍한 벤치가 좌우에 아치형으로 배열되어 있어 마치 시골 대청마루 같다. 비가 오든 눈이 오든 아무런 지장 없이 앉아 쉴 수 있어서 좋다. 할머니 할아버지들이 모여 즐겁게 이야기하는 모습이 마치 시골같이 정겨워 보인다. 주위에서 뛰노는 아이들 모습 또한 생기발랄하다.

저기 한 모퉁이에 조그마하고 깨끗한 공중화장실이 있다. 지저분한 옛날 화장실은 이젠 그만 봤으면 하는 공원관리자의 한 맺힌 생각인 듯 그 안에는 하루 시간대별 확인판이 걸려 있다.

왼쪽으로 꺾어 들어가니 이젠 호젓한 길이다. 그가 이제껏 보지 못했던 보행자만의 길. 그가 바라던 먼 훗날의 무릉도원 같은 곳이 아닐런가! 아니 어디에 이런 멋진 길이 또 있을까. 그는 스스로 '사색의 길'이라 명명하고 싶어 한다. 일본 에도시대 유명한 하이쿠 시인 바쇼松尾芭蕉가 음유했던 800리 길 '오쿠노호소미치'奥の細道 같지 않은가! 영원히 그는 여기에 머물고 싶어 한다.

길모퉁이 빵 파는 가게에 들어서니 빵집 여주인의 솔직한 이력이 벽에 걸려 있어 흥미롭다. 일본 동경의 유명한 제과학교 졸업장이다. '위 사람은 몇 년부터 몇 년까지 본교에서 형설의 공을 쌓았으므로 이에 졸업장을 수여합니다'라는 내용. 주인의 이력답게 갓 구워낸 건강하고 풍미

있는 빵을 진열하고 있다. 더더욱 주인은 제빵과정을 일일
이 설명도 곁들여주고 있어 입맛을 돋우게 한다.

학교 건물이 있으면 으레 주거지 주변에는 많은 학원이
따라다닌다. 어학원 옆에는 은행이, 그 은행 옆에는 마트,
햄버거 가게, 카페, 미용실, 한의원, 스포츠센터 등 사람 사
는 곳에 필요한 모든 것이 총총히 모여 있다. 정말 아늑하
고 편리한 도시 속 모습이 아닐 수 없다.

세상에서 가장 아름다운 곳. 아마 그곳이 그가 사는 곳
이다. 잠을 푹 잘 수 있고 아침에 일어나 느긋하게 목욕할
수 있는 곳, 손자들이 안전하게 뛰어놀 수 있는 곳, 아름다
운 음악을 들으면서 좋은 생각과 멋진 글을 지어낼 수 있는
곳, 그리고 사시사철 창가 햇살을 받으며 아리땁게 꽃 피는
곳. 그가 사는 곳이 바로 그곳이다.

가을노래를 '반복'하다

모음 'ㅇ' 소리가 신비하구나

초가을 한낮의 기온은 여름과 다를 바 없다. 가을바람 살랑살랑 부니 운치 있는 음악소리가 여기저기서 들려오고 있다.

우리 가요 최고의 가왕이 몇 년 전 야심찬 콘서트를 연적이 있다. 타이틀에도 쓰여 있듯이 'Hello Hello'라고 반복 손짓하면서 가을정취에 흠뻑 빠져들게 했다. 잠깐 가사를 음미해보자.

네 눈빛을 보면 꽤 낯가려 보여
자존심도 좋지만 난 너 생각뿐야

아~ 손끝만 스쳐도 그댄 벌써 나를 알아보리

……

Hello Hello Hello ('헬로'에서)

벌써 회갑을 넘긴 그는, 제 나이에 걸맞지 않는 가성으로 남녀노소의 마음을 흔드는 것 같다. 그의 새로운 앨범의 대표곡으로 등장시킨 그 음악에 귀 기울여보면 '헬로'가 여러 번 '반복'되면서 들린다. 짙어가는 홍엽의 계절에 짧게 반복되는 이 발라드 음악이 모든 이의 오감을 녹여주고 중독게 한다.

이같이 모음母音 'O' 소리로 끝나는 어감은 거부감이 없이 들리는 음인가 보다. 어느 종편 TV 프로에는 'Hello Hello'라 이름 붙여 많은 시청자를 끌어들였던 적이 있다.

60년대 팝송가수 해리 벨라폰테가 부른 감미로운 노래. 톰 존스가 작사하고 그 친구가 작곡한 'Try to remember' 9월을 기억해 봐요를 들어보자.

9월을 기억해 봐요 참 여유롭고 달콤했었죠
9월을 기억해 봐요 잔디가 푸르고 곡식이 익어갔던

......

그 기억을 쫓아가 봐요

Try to remember the kind of September

When life was slow and oh so mellow

......

Then follow, follow ﹝'Try to remember'에서﹞

　여기에도 'slow, mellow, follow'와 같이, 같은 운율이 여러 번 '반복'되는 것이 뚜렷하다. 마지막 문자 '-low'가 자그마치 10번이나 출현한다. 모두 바탕소리가 모음母音 'O'인 것을 보면, 재치 있는 걸작이라 하지 않을 수 없다. 또한 가을에 너무 잘 어울리는 환상적인 멜로디여서 여유롭고 풍요로운 '9월' September을 잘 나타내주는 것 같다. 더욱이 인생과 사랑의 라이프 서클을 잘 표현하고 있어 마치 기억을 되돌려주는 마술사의 소리처럼 들린다.

　프랑스의 상징주의 천재시인 랭보J. Rimbaud 1854-1891는 17살 어린 나이에 14행의 짧은 소네트 형식의 시 '모음'Voyelles을 파격적으로 발표했다. 우리가 흔히 학교에서 배우고 있는 발음인 '모음'이다. 제목도 특이한 이 시는 너무 기발하고 심오하여 그 당시 주위 사람을 깜짝 놀라게 했다.

A는 흑색, E는 백색, I는 적색, U는 초록색, O는 파란색,

모음이여!

나는 언젠가 너희들의 은밀한 탄생을 말하리

A, 지독한 악취 주위에 윙윙거리는

번쩍거리는 파리들의 털투성이 검정 코르셋

……

O, 기괴한 환성에 넘친 지상_{地上}의 나팔

온 누리와 천사들을 꿰뚫는 침묵

오오, 오메가, 신_神의 눈 보랏빛 광선! 〔'Voyelles'에서〕

위와 같이 처음 첫 행은 다섯 개 모음에 대한 색깔 적용
과 새로운 모음세계를 설명하고 있다. 즉, 새로운 우주질서
의 탄생에 대한 선언적 내용이다. 나머지 행은 모음세계를
이미지와 의미를 덧붙여 구체적으로 설명한다. 모음 A는
관능성과 탄생을, E는 지적인 정신성, I는 생명의 생동성과
감정, U는 관조성, 마지막의 모음 O는 영혼과 종말을 암시
한다는 것이다.

시인 랭보는 이 시에서 음_音에 색을 입히는 작업, 다시
말하면 음향과 색과 향기 사이의 이론체계를 세우려 했다.
그는 기존의 시 형식을 파괴하고 새로운 감각에 의한 리듬

을 창조하는 시적 혁명을 시도하여 생생한 감각미를 성립시켰다.

잠깐 시의 마지막을 눈여겨보자. 아이러니하게도 모음 O를 묘사하는 구절이 돋보인다. 즉, 'O, 기괴한 환성에 넘친 지상ﷺ의 나팔'에서의 센스는 마치 조용필의 '헬로' 곡에서와 같이 경쾌하게 느껴진다.

또한 모음 'O'의 설명 중에서 '온 누리와 천사들을 꿰뚫는 침묵'은, 'Try to remember' 곡에서 흐르는 가을의 묵직한 분위기의 감정에 잘 어울린다. 마치 '영혼'에서 주고받는 소리의 반향처럼 환상적인 기분을 맛볼 수 있는 것이다.

단풍이 짙게 물드는 만추. 태양이 이글대는 여름보다 아니 찬바람 부는 냉랭한 겨울보다 'O' 모음을 반복적으로 느껴보는 아름다운 계절에 운치 있는 가을음악을 들어보는 것도 정말 값있는 삶일 것이다.

이 한겨울의 '비발디' 선율

암담함을 잊고 '더 밝은' 세상을!

'서로 눈을 맞추면서 드디어 연주가 시작된다. 지휘자의 모습이 가관이다. 눈과 입은 마치 불도그가 으르렁대는 것처럼 긴장감이 돈다. 연주자는 악기를 왼쪽 턱밑에 바짝 대고 가느다란 왼손가락으로 현을 짚으며 오른손으로 활을 밀고 당긴다.

서구형 얼굴에 하이 포니테일high ponytail 긴 생머리를 높게 묶은 이라 참으로 귀엽다. 게다가 짙은 속눈썹은 한몫 더한다. 섬세한 선율을 연주할 때는 미간眉間을 찡그리면서 마치 갓난아이를 잠재우듯 한다. 목의 힘줄근은 귀밑에서 쇄골까지 선명하여 꽤나 고혹적인 모습이다.'

이 명장면은, 한국의 바이올리니스트 '클라라 주미강'이 독일 국립관현악단과 협주하는 모습이다. 1548년 창립된 세계에서 가장 오랜 역사를 자랑하는 드레스덴S. Dresden 오케스트라다. 곡명은 이 계절에 너무나 잘 맞는 비발디의 '사계' 중 '겨울'을 연주하는 장면이다.

세계인들에게 가장 사랑받는 클래식 명곡 '사계'의 작곡가 비발디A. Vivaldi 1678-1741를 한겨울에 새삼 감상해보는 것도 감흥이 일 것 같다. 17세기 이탈리아 베네치아에서 태어난 그는, 작곡가이며 사제, 바이올리니스트로 음악의 아버지 바흐보다 먼저 태어난 바로크시대의 거장이다. 800여 곡을 후세에 남겼다.

'사계'는 사시사철 들어도 좋지만 눈이라도 펑펑 내릴 것 같은 날씨에 너무나 잘 어울리는 음악이다. 연주시간 41분 동안 마치 한 폭의 그림을 보듯 그려낸 묘사음악이다. 14행의 소네트短詩가 붙어 있고 계절별 3악장으로 '빠르게-느리게-빠르게' 구성이 매우 극명하게 대비되는 곡이다.

이 곡의 매력이란 봄과 가을은 인간에게 안락함을, 여름과 겨울은 인간을 위협하고 공격하는 계절을 잘 묘사한 것이다.

계절별로 그려보자. 봄 1악장은 봄이 왔음을 알리는 부분이다. 높은음의 현악기들이 단순한 리듬을 동시에 연주하는데 새소리, 시냇물소리가 들리는 시골풍경을 떠오르게 한다. 2악장은 양치기의 잠자는 모습 등 한가로운 전원풍경을 '비올라'의 짧고 강한 음향으로 연주한다. 3악장을 들으면 요정들과 양치기들의 춤추는 모습도 떠오른다.

여름 1악장이다. 거친 폭풍과 바람소리를 '바이올린'의 화려한 연주효과가 뛰어나다. 2악장은 더위에 지친 여름을 잘 보여주고 있다. 독주 바이올린이 여름날 꾸벅꾸벅 조는 주인공의 모습을 가냘프게 연주해준다. 마지막 장은 모든 것을 파괴하는 여름의 잔인성까지 보이기도 한다.

그것에 비해 가을 첫 장은 모든 악기가 '같은 리듬'을 연주해준다. 풍요로운 가을의 축복에 취해 술을 너무 많이 마셔버린 '주정뱅이'의 모습이 그려지는 것이다. 둘째 장은 약음기를 낀 현악기의 꿈결 같은 소리로 '곤한 잠'을 잘 표현하고 마지막은 경쾌한 사냥 음악이 '3박자'의 독주 바이올린으로 긴박한 리듬을 만들고 있다.

무엇보다 가장 인기 있는 곡은 제4곡 '겨울'이다. 1악장에서는 떨리는 악기소리, 안달하는 듯한 '트릴'이 가슴을 찌르게 한다. 엄청난 바이올린의 기교, 차가운 눈보라가 정신없이 휘몰아치는 듯한 착각에 젖게 한다. 잔잔하고 따뜻한 서정적인 멜로디로 겨울밤 따뜻하게 휴식을 취하게 해 버린다.

2악장의 평온한 겨울밤이 지나가고, 잠자리에서 일어나기 싫은 겨울 아침이 다시금 돌아오는 3악장으로 끝을 맺는다.

최고의 속도감과 긴장감, 세련된 완급조절과 세밀한 강약의 대비로 변화를 주는 아름다운 네 번째 곡 '겨울'이다.

340년 전에 태어난 비발디가 작곡한 사계 중 '겨울'의 싸늘하고 격정적인 선율을 보듯이 우리의 삶에서도 이와 같은 시기를 자주 본다.

이 불후의 명곡 '겨울'에서 듣는 '너무 빠르지 않게-느리게-빠르게'의 구성 음이, 마치 오늘의 세상을 보는 듯하니 말이다. '느리게'의 암담함을 잊고 '빠르게'의 밝은 세상을 맞이했으면 한다.

외할머니

영원한 포근함, 인자함, 그리움

7살부터 단편소설을 쓴 프랑스의 천재작가 베르나르 베르베르Bernard Werber 1961-가 있다. 그의 신작 '잠' 처음부분에 이렇게 쓰고 있다. '20년 전으로 돌아가 젊었을 적의 자신을, 꿈에서 다시 만날 수 있다고 상상해보세요'라고…. 난 20년 전이 아니라, 그보다 훨씬 전 유년기의 '꿈이 아닌 현실'을 회상해보려 한다.

외할머니는 나를 꽤나 좋아했던 것 같다. 아마도 외할머니의 외동딸이 낳은 아들이라서 그런가 생각해본다. 그것도 오목조목한 아들을 네 명이나 더 낳았기 때문이라 더욱 그렇게 생각이 든다. 그것보다 더 큰 이유를 들면 이 메커

니즘이 쉽게 풀릴 것 같다. 외할머니의 친손은, 공교롭게도 네 명이 모두 딸이고 아들은 기껏 하나밖에 없기 때문일 것이다.

옛날 우리 부모 세대야말로 아들 선호사상이 무척 강했으니 충분히 이해가 가지 않을까. 아들만 줄줄 낳으면 모든 것이 다 해결되고, 힘들고 고달픈 일도 하루아침에 다 사라졌던 세상이 아니던가.

딸을 많이 낳은 외숙모는 아무래도 나의 엄마를 달갑지 않게 보았음도 하다. 정말 그러한 질투의 관계는 십분 짐작이 가고도 남는다.

유년기 나의 외갓집과 과수원은 대구 변두리 앞산 기슭에 있었다. 놀랍게도 지금은 대구에서 가장 비싼 명당 터로 바뀌었지만 그 당시는 유유하고 한가로운 농촌에 지나지 않았다. 사과 과수원은 산 아래쪽에 자리 잡은 광대한 대지에 펼쳐져 있어 나에게는 천국이었고 최고의 놀이터였다. 짙은 초록색 탱자나무로 둘러싸여 보기에도 정말 별천지였다. 풍뎅이, 호랑나비, 매미를 비롯해 온갖 곤충들이 사방팔방 날아다녔고, 탱자나무 아래로 졸졸 흐르는 맑은 개울물에는 온갖 생물이 곳곳에서 뛰놀고 있었다. 배가 빨간 청개구리, 맑은 도랑물 위를 조심조심 날아다니는 긴 날개 검정 잠자리, 조그마한 도마뱀까지 좌충우돌 들락날락거렸으니 그야말로 어린 나에게는 환상적 세계였다.

대구라는 도시는 특이하게도 주위가 모두 산이라 겨울 추위가 매우 혹독하다. 그럼에도 겨울방학 때도 외갓집에 놀러갔다. 비록 매미도 없고 풍뎅이도 없고 잠자리도 없었지만 그래도 갔다. 단지 이유는 외할머니가 건네주시는 '홍시' 때문이다.

외할머니는 그 해 늦가을 따 둔 감 홍시를 소쿠리에 담아 겨울 내내 다락 한구석에 숨겨둔다. 우리들이 가면 다락에 숨겨놓은 몰랑몰랑한 홍시를 꺼내주시는데 얼마나 차고 달콤한 맛이었는지 지금도 잊을 수 없다. 물론 친손녀 손자들에게도 주었겠지만 정말로 주었는지 그다지 믿기질 않는다.

일제강점기에 참신한 이미지와 절제된 시어詩語로 유명해진 시인 정지용1902-1950이 있다. 그의 짧은 시 '홍시'가 걸작이다.

어적게도 홍시 하나 오늘에도 홍시 하나

까마귀야 까마귀야 우리 남게나무에 웨 앉었나

우리 옵바오빠 오시걸랑 맛 뵐라구맛 보일라고 남겨 뒀다

후락 딱 딱 휘이 휘이!' ('홍시'에서)

홍시에 대한 아련한 감흥이 나의 마음을 빼앗아가는 듯하다. 오늘따라 왠지 외할머니가 그리워진다.

외할머니…, 백발에 얼굴은 동그랗고 인자하게 생기신 포근한 나의 외할머니… 지금 아내가 나의 외손자를 바라보는 마음과 다를 바 있겠는가. 옛날 나의 외할머니가 나를 바라보는 것과 너무나 같은 듯하다.

보고 싶다. 외할머니! 그리고 현해탄 건너 두 돌도 채 되지 않은 나의 외손자도 그립다.

복잡한 삶 속에서도 '외할머니'가 상징하는 영원한 포근함, 인자함, 그리움을 생각하면서 맑은 마음의 정화를 한번 해보면 좋을 것 같다.

삼식이 품바와 강의

품바식 강의도 삶의 한 방법

한때 울산대 도서관에 '삼식이'라는 젊은이가 공부하고 있었다. 그는 울산대 학생이 아니다. 그저 학교 근방에 사는 약간 바보스러운 총각이었다. 도서관에 앉아 공부하고 있는 대학생들이 늘 부러워 마냥 그곳에 앉아 있기만 했다. 그래도 대학생이 된 기분인 듯 늘 만족해하는 얼굴이었다. 그가 무슨 공부를 하고 있는지 모두들 궁금해하고 있었는데 용케 곁눈질해 보았더니 공부가 아니라 인기 연예인들의 예쁜 얼굴만 열심히 그리고 있을 뿐이었다.

그렇지만 그는 이렇게 바보 같은 짓을 하지만 그래도 남을 위하는 봉사는 참 잘 한다. 매일 아침 일찍 학교 앞 바보

사거리어느쪽으로 가야할지 방향을 잡지 못하여, 바보가 된다는 언덕배기 사거리
에 나타나 많은 가게들의 개장준비를 죄다 도와주는 착한
총각인 것이다. 어디에 사는지 그의 진짜 이름이 뭔지 잘
모르지만 한때 대학가에서 제법 알아주는 유명인으로 회자
되기도 했다.

삼식이가 또 한 사람 있다. 만능 재주꾼 '품바'다. 북, 장
구, 엿가위, 꽹과리, 난장타악, 성대모사, 만담, 노래, 춤 등
재주가 다양하다. 이 품바가 각설이 흥이 끝나면 만 원짜
리 지폐가 여기저기서 우르르 깡통으로 들어온다. 대단한
기술이다. 관중을 완전히 몰입하게 하는 '보여주기식' 기
술이다.

그의 목표는, 5분만 보면 30분이고 30분을 보면 무조건
1시간으로 간다는 각오로 품바를 한다. 각 지방의 축제 때
에 빼놓지 않고 볼 수 있는 그의 품바 공연은 그야말로 흥
미와 후련함의 극치다.

지금의 품바는 옛날 걸인들이 동냥하기 위해 불렀던 각
설이와 확연히 다르다. 뭉클한 풍자와 해학을 연출하는 품
바는 속일 수 없는 참된 웃음전도사다. 걸쭉한 입담과 타령
으로 구경꾼들을 휘어잡아 배꼽을 잡게 만드니 말이다.

원래 품바는 옛날 가루지기 타령 변강쇠 타령에서 처음 보인다. 민초들의 마음 깊숙한 곳에 쌓였던 울분과 억울함, 그리고 그들에 대한 멸시나 학대 등이 한숨으로 뿜어져 나오는 한 서린 소리였다. 예로부터 가난한 자, 역모에 몰린 자, 소외된 자 등 피지배 계급에 있는 사람들이 걸인행세를 하면서 현실에 대한 한과 울분을 표출했던 것에 기인한다.

구걸할 때 '품바'라는 소리를 내어 '예, 왔습니다. 한 푼 보태주시오. 타령 들어갑니다' 같은 쑥스러운 말 대신에 썼다고 한다. '품ᅟᅲᆷ'자는 '주다' '받다'는 뜻이다. 또 다른 뜻으로 품앗이, 품삯 등 수고의 의미인 '품'에서 나왔다고 한다.

무엇보다 품바라는 말에 '사랑을 베푼 자만이 희망을 가진다'는 선한 의미가 들어 있다니 모두의 마음을 뭉클하게 해준다.

최근 방학을 맞이하여 나는 내가 사는 동네에서 주민봉사를 하고 있다. 소위 말하는 재능기부다. 한 시립도서관에서 실시하는 '도서관에서 만나는 일본어교실'이라는 포스팅이다.

좀 생소한 언어라 주민 모두들 강의가 재미있어 관심이 뜨겁다. 낯선 외국어라는 이유도 있을 뿐 아니라 강의방법을 좀 색다르게 시도해본 것도 한몫하고 있는 것 같다. 소위 '품바식 강의'다.

즉, 무대를 마음대로 사용해보는 것, 손에 들고 있는 마이크를 최대한 능숙하게 사용하고 정확하게 발성을 하는 것, 무대에 설치된 보드 판에 크게 판서를 해보는 것, 강의의 내용도 '삶의 한 방법'이라는 생각으로 흥미롭게 설명해보는 것이다. 게다가 수강생들의 많은 눈동자를 사로잡는 것, 금방 설명한 내용을 다시 확인하고 반복해보는 교수 방법이다. 수강생의 눈을 절대 떼지 못하게 하는 살아 있는 품바식 강의인 셈이다.

그러나 각설이 타령은 하지 않는다. 품바라는 소리도 내지 않는다.

한여름 날의 감정수업

보배로운 하루

　더운 여름철 오랜만에 아내와 함께 덕수궁 미술관에 다녀왔다. 오래전부터 미술관에 기웃거리는 습관이 나도 모르게 생긴 것 같다. 미술에 대한 조예가 있어서라기보다 삶의 '감흥'을 조금이라도 느끼기 위해서다.

　100년 전에 태어난 화가 이중섭1916-1956을 기념하기 위한 큰 이벤트백 년의 신화가 열린 것이다. 유명한 그의 '황소' 1953를 비롯 무려 200여 점이나 되는 진품 그림과 그의 가족끼리 주고받았던 여러 점의 편지가 리얼하게 전시되어 있었다.

　일제 강점기 일본으로 건너가 미술을 공부하기 위하여

유학하는 동안, 같은 미술대학 학생 마사코山本方子를 우연히 만난다. 유학 후 한국에 돌아와 결혼하여 두 아들 태성, 태현을 낳고 행복한 나날을 보낸다. 그러나 행복한 생활도 고작 5, 6년 밖에 되지 못한다. 비극의 한국전쟁으로 부산, 서귀포, 통영, 대구 등지로 떠돌이 생활을 했기 때문이다. 고달픈 생활에 지칠 대로 지쳐 훗날의 다복한 생활을 약속하고, 만덕이중섭이 지어준 마사코의 한국명은 두 아들을 데리고 일본 친정으로 가게 된다.

갤러리에는 보고 싶은 아내와 두 아들에게 보낸 그의 빛바랜 편지가 아직 남아있어 관람객들의 마음을 울린다. 구구절절한 내용을 읽고 있으면 너무나 '애절'하여 모두 눈시울을 붉힌다. 불혹의 나이 40세에 보호자도 없이 외로이 숨지고 만다.

애상에 젖은 감상을 끝내고 시간은 지났지만 점심을 먹어야 할 것 같았다. 시원하고 매콤한 메밀국수 생각이 나 맛집을 찾으려 나섰다. 덕수궁 건너편 북창동 먹자골목 쪽으로 건너가 한 바퀴 돌았다.

찾기도 답답한 순간, 마침 어느 메밀국수집으로 들어서

는 낯선 일행과 조우했다. 대뜸 "이 집, 메밀국수, 맛있나요?"라고 공손히 물어보았다. "예, 맛있지요! 저희 단골이에요." 친절하게 응대해 준다. 그래서 무조건 가게 안으로 따라 들어가니 그들은 우리를 자상하고 재미있게 안내해주는 것이다. "사장님! 이분들 처음 오셨는데 맛있게 해주세요!"라고 …. 우리 부부를 잠시 바라보고는 그들끼리 소곤소곤 정담을 주고받는다. 식사를 끝내고는 맛있게 드셨냐고 인사치레까지 하면서 나간다. 그들의 '따뜻한' 잔향殘響이 아직도 은은히 울리고 있다.

그런데 이게 웬일인가? 우리가 먹은 메밀국수 값을 몰래 지불하고 가버린 것이다. 이런! 생판 모르는 행인인데 우리를 이렇게 환대해주다니! 혹시 우리들 이방인이 순수하고 착하게(?) 비친 것이 아닌지 은근히 짐작해보기도 했다.

지난 무더운 어느 날 난 부주의로 열쇠뭉치까지 달린 지갑을 고스란히 잃어버렸다. 멍하니 있는데 전혀 모르는 사람으로부터 전화가 걸려왔다. 지하철역 화장실에서 주웠는데 잃어버리지 않았냐고 한다. 잃어버린 반나절 동안 허탈함을 생각하면 지금도 가슴이 요동친다. 현금카드의 분실신고뿐 아니라 여러 신분증 발급이며 기타 당장 해야 할 일로 꽤나 괴로웠는데 이렇게 뜻밖의 은혜를 준 사람이 나타났으니 큰 행운이 아닌가!

탈 없이 돌아온 나의 빵빵한 지갑 속에는, 사라진 줄로만 알았던 우리의 '인정'까지 꽉 채워져 돌아왔으니 한여름의 이 날은 정말 보배로운 하루였다.

네게서 정말
향기가 나는구나

초판인쇄 2017년 12월 14일
초판발행 2017년 12월 14일

지은이 김원호
펴낸이 채종준
기 획 양동훈
편 집 최말레
디자인 김정연
마케팅 송대호

펴낸곳 이담북스
주소 경기도 파주시 회동길 230 (문발동)
전화 031 908 3181(대표)
팩스 031 908 3189
홈페이지 http://ebook.kstudy.com
E-mail 출판사업부 publish@kstudy.com
등록 제일산-115호(2000. 6. 19)

ISBN 978-89-268-8156-9 03810